KB183450

끝나지 않을 꿈

끝나지 않을 꿈

14인의 아콩카과 등반기

2025년 2월 20일 초판 1쇄 펴냄

글쓴이 황태웅 외 13인
그림 김동영
펴낸곳 도서출판 단비
펴낸이 김준연
편집 김정민
디자인 박대성
등록 2003년 3월 24일(제2012-000149호)
주소 경기도 고양시 일산서구 고양대로 724-17, 304동 2503호(일산동, 산들마을)
전화 02-322-0268
팩스 02-322-0271
전자우편 rainwelcome@hanmail.net

ISBN 979-11-6350-134-3 03810

끝나지 않을 꿈

14인의 아콩카과 등반기

황태웅
조광제
김태완
임동한
하태웅
성기진
이시엽
현정란
조벽래
조현세
문기빈
이호선
여정윤
이수지
글

김동영
그림

fig. 1
베이스캠프에서 대원들과 함께

힘들게 올랐던 산,
너무 힘들어서 다시는 밟지 않으리라,
고산에는 가지 않으리라 생각했지만
몇 개월이 지나자 눈앞에서 어른거린다.
그 힘들었던 산 아콩카과가.

▲

차례

프롤로그   9

어쩌다 대장 ｜ 황태웅   15

환갑에 오른 베이스캠프 ｜ 조광제   25

회사에서 탈출하기 — LA에서 BC까지 ｜ 김태완   37

참 오래도 걸렸네 ｜ 임동한   49

긴긴 하루 ｜ 하태웅   61

카페 'INKA' — 시몬과 하몽 ｜ 성기진   71

식량에 관해 묻는다면 ｜ 이시엽   81

체력이 내 발목을 잡은 산 | 현정란   89

마중 | 조벽래   99

끝나지 않을 꿈을 꾸며 | 조현세   111

정상 공격, 한계의 문턱에서 | 문기빈   119

정상까지의 스토리
― 산보다는 사람이 좋은 산쟁이 | 이호선   131

메모장 속의 나 | 여정윤   143

루저(Loser)의 마음가짐 | 이수지   153

에필로그   167

▲

프롤로그

우리는 묻는다.

세상 사람들이 묻는다. 왜 고산을 오르냐고.

우리는 대답한다.

산이 있어서 오른다고. 내 앞에 있는 산을 오르는 것뿐이라고.

앞동산을 오르다가 뒷동산을 오르게 되고, 옆 산을 오르다가 그 옆 산을 오르게 된다. 또 높은 산을 오르다가 더 높은 산을 오르게 되고, 그보다 더 높은 산을 오르게 된다. 이렇듯 산을 오르는 사람들이 높은 산을 오르고자 하는 꿈은 끝이 없다.

우리도 국내 산을 오르면서 고산 등정의 꿈을 키웠다.

내가 아닌 누군가여도 된다. 시간이 되는 사람이나, 고산을 오르고자 하는 사람이면 누구나가 도전할 수 있다.

역사의 순간은 찰나의 순간에 결정된다는 말이 있듯 우리 찰나의 순간은 겨울 끝자락의 어느 주말, 산행을 마치고 뒤풀이에서 막걸리 한 잔씩 마실 때였다.

누군가 이야기를 꺼냈다.

"남미 최고봉 아콩카과 올라 보는 건 어떠노?"

"안데스산맥의 최고봉 아콩카과요?"

"그래. 우리 같이 올라뿔자."

"그랄까예? 까짓것 안될 기 뭐 있습니꺼. 올라뿝시다."

"네. 가입시다. 오르면 된다 아입니꺼."

그렇게 아콩카과 원정대가 꾸려졌다.

원정대를 꾸리고 나서 아콩카과에 대해 알아갔다. 항공 지도를 보며 지형과 루트, 날씨 변화 등등을 파악해 나갔다.

남아메리카의 안데스산맥에 있는 6,962m. 남반구와 서반구에서 가장 높은 산이다. '아콩카과'는 케추아어에서 유래되었으며 '석재의 파수꾼', '흘러내리는 강'을 의미한다.

아콩카과는 날씨 변화가 심해 강한 바람이 정상 밟는 것을 방해한다. 고산병도 문제였지만 극한 환경이 문제다. 특히 날씨, 강한 바람이 정상 공격을 방해하는 주요인이었다.

시작이 반이라는 말이 있듯 한 명이 불을 지피니 하나둘 항공권 표 예매를 마쳤다. 대원들 대부분이 직장생활로 떨어져 있어서 함께 훈련할 수 있는 시간이 부족하니 스스로 훈련하고 한 달에 한 번 모여 합동 산행을 했다.

제일 중요한 것은 항공권 예매다. 빼도 박도 못하게 항공권 예매를 하고 나면 무조건 출발하게 되어 있고, 그것에 맞추어 몸은 움직이게 되어 있다.

OB(졸업생)들이 움직이는 것을 본 YB(재학생)들도 뒤늦게 원정대를 꾸렸다.

이제 남은 것은 남미 최고봉 아콩카과로 출발하는 일이다.

"가자! 아콩카과로."

14 Aconcagua Climbers

HWANG TAEWOONG

어쩌다
대장

▲

황태웅

아콩카과 원정대 대장을 맡았다. 어쩌다가…

다우악(동아대 산악회)이 6대륙 최고봉 등정 계획에 따라 2016년 마지막 북미 최고봉 데날리 원정에 나설 때, 나는 그 원정에 참여했다. 내 생애 유일한 원정 경험이었다.

시간이 흘러 그 경험이 먼 추억이 되던 어느 날, 조벽래 형으로부터 또 다른 원정 계획을 듣게 되었다. 다우악의 7대륙 최고봉 등정을 완성하기 위해 남극 빈슨 원정을 계획하고 있으며, 개인적 목표인 아콩카과 원정도 함께하려 한다는 내용이었다.

2016년 체력, 의지 모두 부족했던 내가 데날리 원정에 참가하여 정상까지 오를 수 있었던 건 조벽래 형의 영향이 컸다. 그 고마움을 잊지 않고 있다. 그런 형이 원정 계획을 차분히 설명하는데, 부담을 주지 않으려는 형의 말투에서 함께 가고 싶다는 생각이 자연스럽게 들었다.

그렇게 내 인생 두 번째 원정에 대해 고민하게 되었다.

나보다 앞서 아콩카과 원정에 참여하기로 하고 비행기표를 예매한 하태웅 형에게 정보를 얻기 위해 전화를 걸었다.

"형, 표 끊으셨다면서요."

'반갑게 화답해 주겠지.' 하고 대답을 기다리는데 기대와 달리 당황하시며 "나중에 통화하자."고 전화를 끊으셨다.

나중에 들으니, 아직 형수님께 알리지 않았는데 가족과 동승 중 전화가 와 당황했다고 한다. 하태웅 형은 형수님의 허락을 받지 않은 상태에서 비행기표부터 예매했다. 산쟁이들은 다들 그렇게 일단 저지르고 본다. 나는 아직 그 경지에 이르지 못했다. 아내의 허락부터 받아야 시작할 수 있는 초보 산쟁이다.

첫 원정 때 나는 신혼이었다.

산과 산악회, 그리고 고산 원정에 대해 잘 알지 못했던 아내는 진심으로 가고 싶어 하는 나를 이해하면서도 위험하다는 생각에 쉽게 허락해 주지 않았다. 오랜 설득 끝에 겨우 허락받았고, 그렇게 원정을 무사히 다녀왔다.

fig. 2

생애 첫 데날리 원정에서. 정상을 밟고 하산하는 길은 마음도 몸도 가볍다

이후 아내는 산에 어떻게 다니는지를 옆에서 보면서 산과 산악회에 대해 어느 정도 친숙해졌다. 아내는 나의 아콩카과 원정 참가 의사를 듣고서 이번에는 아콩카과에 대해 직접 찾아보고 아주 위험한 산이 아님을 파악할 정도가 되었고, 같이 가는 대원들 면면을 잘 알게 되면서 이번에는 크게 걱정하지 않고 허락해 주었다.

원정은 산에 다니는 직장인이 일상으로 흐트러진 몸과 마음을 다시 세우는 순기능이 있다고 생각한다. 고산 원정은 특별한 능력자만 가능한 것은 아니고 누구나 시도할 수 있는 도전이라고 생각하지만, 그렇다고 대충 준비해서는 결코 성공할 수 없다. 준비를 위한 훈련은 실전보다 더 혹독했다.

데날리 원정 때 개인 훈련으로 퇴근 후 학교 운동장을 돌고, 계단을 오르고, 경사로를 뛰었다. 공식훈련에서는 장거리를 달렸고, 밤을 새워 산을 종주했다. 그렇게 숨이 차는 고통을 인내하는 시간을 가졌고, 원정에 임해서는 혹독한 환경을 견디면서 심신이 더 단단해졌다. 그러면서 마음의 여유도 생겼다. 그때 기분이 참 좋았다. 그래서인지, 원정을 다녀온 후 정상에 이르는 과정과 등정 기억이 한동안 선명했다가 시간이 지날수록 훈련의 기억이 더 강하게 남았다.

하태웅 형과 나를 포함하여 원정에 대해 각자의 목적을 가진 여러 선배님, 후배들이 참가 희망 의사를 표시했다. 데날리 원정 이후에도 원정 활동을 이어왔던 이행순 누나, 김태완 형이 있었고, 연맹 선배이신 현정란 누님, 원정이 처음인 임동한, 이시엽도 있었다. 나중에는 조광제 형님도 합류했다.

마침 정광호 형의 장산 200회 산행을 기념하는 산행이 있었다. 원정 참가를 희망했던 회원들 대부분이 산행에 참석했고, 산행을 마친 후 뒤풀이 장소에서 자연스럽게 원정에 관하여 얘기를 나누게 되었다.

조벽래 형이 "이번 원정 대장은 누가 할 거고?"라며 대장에 관한 얘기를 꺼냈다. 그러면서 "원정 경험이 있으면서 대장을 해보지 않은 사람이 맡는 것이 좋겠다."라며 내가 맡는 것이 어떻겠냐고 제안했다. 그 자리에서 그 조건에 부합하는 사람이 나밖에 없었다. 내가 대장을 맡는다는 상상을 해 본 적이 전혀 없어서 당황스러웠다. 경험도 부족하고 우유부단한 성격인 데다 심지어 소심하기까지 한 내가 무슨 대장을 한단 말인가. 그러나 거부하기에는 조벽래 형이 제안한 조건을 대체할 다른 이유를 찾기 어려웠다. 느닷없이 '한번 해 봐.'하는 모험심까지 생기면서, 어쩌다 제안받은 내가 어울리지도 않는 대장이라는 중책을 그 자리에서 받아들이게 되었다.

그렇게 집으로 돌아온 날, 대장을 맡았다는 부담감과 함께 그동안의 산악회 활동에 대한 기억들을 들춰 보았다.

YB 때 산악회 활동은 더 적극적이지 못해 아쉬웠다. 졸업 후

fig. 3

원정 준비를 위해 OB사무실에서 여러 차례 회의를 했다. 원정의 시간이 다가오는 주말 장비, 식량, 의료 등 체크를 하고 또 체크를 하는 대원들.

고시 준비한다고 오랜 기간 산악회를 떠나 있으면서 산과 산악회를 그리워했다. 고시 공부를 마치고 늦은 나이에 서울에서 결혼하고 사회생활을 시작하면서 다시 산악회 사람들을 만나 산행을 시작하며 산악회로 돌아왔다. 그렇게 돌아온 것이 참 다행이었고 잘했다 싶다.

그렇게 YB 때 용기가 부족해 참여하지 못했던 원정에 도전하게 되었고, 인생 처음으로 겪는 힘든 훈련 과정을 거치면서 데날리 정상까지 등정했다. 이제 내 인생 두 번째 원정을 '대장'으로 준비했다.

원정 준비는 쉽지 않았다.

경험이 부족하다 보니 하나부터 열까지 막막했다. 훈련 계획을 세우는 것조차 쉬운 일이 아니었다. 형들, 누님, 그리고 동생들에게 수시로 전화하고 만나 조언과 도움을 얻었다. 그렇게 훈련 계획을 세우고, 분야별 계획이 추진되도록 소통하며 하나씩 풀어나갔다. 그렇게 어쩌다 대장을 맡아 7개월가량 원정 준비기간을 거쳐 원정길에 올랐다.

조벽래 형은 모두의 믿음대로 남극 빈슨 등정에 성공했다. 우리 산악회는 그렇게 7대륙 최고봉 등정을 성공적으로 마무리했다. 이어서 아콩카과에서도 조벽래 형과 임동한이 함께 등정하면서 원정을 성공적으로 마쳤다.

아콩카과 원정 동안 대장으로서 신속하고 단호해야 할 많은 순간에 순발력이 부족했고 우왕좌왕했던 것 같다. 하지만 형들, 누님, 그리고 임동한, 이시엽이 함께했기에 우리 원정대의 방식으로 여러 어려움을 잘 풀어나갔다. 원정을 무사히 마친 지금, 부족했던 대장으로서 대원들에 대한 미안함과 고마움이 크다.

하산 후 산티아고 호텔에 묵었을 때, 평온한 마음으로 침대에 누워 있자니 창문으로 시원한 바람이 불어왔다. 그때를 가끔 추억한다. 한동안 그럴 것이다. 그러나 머지않아 아콩카과 캠프3의 좁은 텐트에서 강풍으로 겪었던 긴장감이 더 그리워질 것이다.

'어쩌다 대장'으로 참가했던 나의 두 번째 원정은 그렇게 추억이 되고 있다.

fig. 4

정상에 오르지는 못했지만, 하산하는 마음은 섭섭함을 넘어 홀가분했다.

언젠가 또 오리라는 생각을 하며.

14 Aconcagua Climbers

CHO KWANGJE

환갑에 오른
베이스캠프

▲

조광제

어느덧 나이를 먹어 벌써 환갑이라는 단어가 나에게 왔다.

우리 윗세대는 회갑 잔치니 회갑 여행이니 하며 떠들썩하게 보냈는데 지금은 조용하게 지나간다. 그게 뭐 자랑이라고 하는 마음으로….

어쨌든 60살이라니 조금은 징그럽고 한편으로는 대견하기도 하다. 이 나이까지 큰 과오 없이 살아왔으니 말이다. 3년 전 완전히 절주하고 난 뒤부터 약간의 삶이 단조롭고 심심했다. 찾아주는 사람도 없고 말주변도 없고 술도 마시지 않다 보니 모임도 줄었다. 간간이 다우악 산행을 따라다니는 정도였다.

그러던 차에 조벽래의 남극 원정과 아콩카과 원정 소식이 들려왔다.

6대륙 원정을 시작한 지 15년이란 세월이 흘렀다.

2008년 7월에 첫 원정지인 엘부르즈를 시작으로 6대륙 원정 마감인 2016년 데날리까지 8년이란 긴 시간을 고생했다.

이제 마지막 남은 남극! 다우악 회원이면 누구나 마음속으로 '7대륙 원정에 종지부를 찍어야 하는데….' 라고 가슴 깊이 생각하고 있었을 것이다.

'누군가 많은 경비와 시간을 투자해야 하는데….'

드디어 조벽래가 결심했다.

"끝내 보자."

물론 그전부터 계획을 잡고 차근차근 준비했을 것이다. 고마웠다. 개인적인 7대륙 완등이란 타이틀도 있지만 다우악의 숙원 사업인 7대륙 원정을 마무리 짓는다는 마음이 우선이었을 것이라 믿는다.

2023년 6월 4일 영호남 3단체 합동 산행이 대구 팔공산에서 있었다. 그때 후배들이 지나가는 말로 아콩카과 원정을 이야기하였고, 항공권 티케팅까지 끝냈다는 말을 들었다. 사실 그전부터 아콩카과 원정을 한다는 말을 듣고 있었기에 알고는 있었지만 진행이 빨리 되고 있다는 사실에 놀랐다. 나도 가고 싶다는 생각이 많이 들었다. 절주로 인해 술을 먹고 있지 않으니 건

강이 좋아졌기에 도전하고 싶었다. 집에 가서 여러 가지 고민 끝에 원정에 참여하기로 결심을 굳혔다.

그러나 가고 싶다고 갈 수 있는 나이는 아니었다. 앞선 엘부르즈, 킬리만자로는 준비하고 패킹하면서 아내에게 통보만 했다.

"나, 원정 간다."

아내가 약간의 신경질적인 반응을 보였으나 그때는 그냥 갔다. 사고 없이 원정을 마치고 돌아왔다. 이번에는 조심조심 집사람에게 물었다.

"나, 원정 가면 안되나?"

아내의 대답은 의외로 간단했다.

"가세요."

속으로 쾌재를 불렀다.

"아싸!"

아내라는 큰 산을 넘은 것 같아 원정을 준비하기 시작했다.

일단 헬스장 등록부터 했다. 체력이 좋지 않으니 열심히 체력 훈련을 하기로 했다. 몇 년 동안 운동을 안 하는 게으른 생활이 지속되다 보니 하체의 힘이 종잇장 같았다. 일주일에 3~4번은 헬스장에서 유산소, 근력 운동을 했다. 체력이 금방 좋아지는 건 아니지만 남은 5개월 동안 열심히 하면 후배들에게 민폐를 끼치지 않을 정도의 체력은 유지될 것이라는 생각이 들었기에.

주말 훈련 산행도 참여하며 그동안 못 다닌 산행을 많이 했다. 그러면서 조금씩 체력이 좋아지는 느낌을 받았다.

장비도 준비했다. 집에 있는 장비라고는 뒷동산에 소풍 갈 때 메고 다니는 배낭과 얇은 옷가지 정도였다. 그 전에 원정 갈 때 공동으로 사들인 장비들이 있었지만 모두 어디로 갔는지 하나도 남아 있지 않았다. 또다시 돈으로 해결할 수밖에 없었다.

장비 구매는 후배에게 도움을 받기로 했다. 조벽래에게 부탁했다. 발끝부터 머리까지 풀세트로 선구매 해달라고 했다. 금전적으로는 많이 나갔지만, 장비 준비는 손쉽게 구할 수 있었다. 풀세트를 구매해 준 조벽래도, 소소한 장비를 챙겨준 후배들도 고마웠다.

드디어 아콩카과로 출발했다.

긴 비행시간과 여러 경로를 통과하여 아르헨티나 멘도사에 도착했다. 멘도사에서 여러 가지 행정 절차와 약간의 식료품을 사고 원정의 시발점인 페니펜데스에 입성했다.

여기서부터 원정의 시작이다.

3일간 산장에 묵으면서 고소적응 차 근처 산을 오르고 장비 점검도 마쳤다. 그런데 몸 상태가 좋지 않았다. 고소증세라기보다는 긴 비행시간과 중간중간 대기시간 그리고 시차 등으로 인해 컨디션이 좀처럼 회복되지 않았다. 고소적응 차 산행할 때도 고소증세 때문인지 컨디션 때문인지 모르지만 힘들었다.

fig. 5

페니텐테스에서 베이스캠프로 가는 길은 멀고 또 멀었다. 머리는 아프고,
속도 미식거리고, 다리는 천근만근이다. 힘들다. 그래도 가야 한다.

어쨌든 아콩카과 정상으로 가기 위한 전초전인데 걱정부터 앞섰다.

호르코네즈에서 아콩카과산의 입산 허가를 받고 콘프렌시아로 향하기 위해 기념사진을 찍었다. 그때 헬기가 보였다.

'저것 타고 5분이면 BC에 도착한다는데….'

묘한 기분이 들었다. 하지만 우리는 걸어서 베이스캠프까지 가야 했다. 첫 번째 목적지인 콘프렌시아로 향했다.

이곳 지형의 길들은 거칠었다. 건조한 기온 때문인지 자갈과 모래로 된 길로 걷기가 힘들었다. 바람 때문에 주위 나무들도 거의 없었다. 그래도 고도가 낮아서인지 군데군데 야생화들이 예쁘게 피어 있었다.

이러한 길을 시나브로 걷다 보니 목적지인 콘프렌시아에 도착했다.

이곳은 아콩카과로 가기 위한 전진기지인 듯했다. BC는 아니지만, BC 느낌이 많이 났다. 뮬라(짐을 운반하는 남미의 당나귀)들도 많이 보이고 각국 원정대원들도 많이 모여 있었다.

고소적응 차 대원들은 훈련을 나갔다. 나는 여전히 컨디션 난조로 숙소에 머물러야 했다. 빨리 회복되어야 할 텐데 걱정이 됐다. 이것도 고소의 일종인가 의심스러웠다.

저녁에 LA에 거주하는 김태완이 합류했다. 오랜만에 보는 얼굴이라 반가웠다.

하룻밤을 보내고 새벽에 일어나 BC로 가기 위해 짐을 챙겼다. BC까지 18km. 빠르면 8시간 늦으면 10시간 정도 소요되는 긴 여정이었다. 또한 고도 4,200m까지 올라가는 범상치 않은 등정로다. 원정을 오기 전부터 많이 들었던 말이 있다.

"BC까지 정말 멀다."

"엄청 힘들다."

그렇다. 멀다. 힘들다. 그래도 가야 했다. 퇴로는 없다.

무념무상으로 한 걸음 한 걸음 옮길 뿐이다. 넓은 평야처럼 딱히 길도 없다. 뮬라가 지나간 흔적, 앞서 걸어간 사람 발자국을 따라 묵묵히 걸어갈 뿐이다. 먼 길은 목적지를 보면서 가는 것이 아니다. 걷다 보면 시간이 해결해 줄 뿐이다.

어느덧 제일 뒤로 처져 있었다. 역시나 컨디션 회복이 안 됐다. 고소증세도 같이 왔다. 머리가 깨질 듯 아프고 정신이 몽롱했다. 졸음이 엄청나게 몰려왔다. 비몽사몽간에 발만 움직이며 걸었다. 구름 위를 걷는 듯 어질어질했다. 어느 구간은 정신을 잃은 듯한 느낌도 들었다. 힘들다. 내 뒤를 받치고 있는 황 대장도 내 보조를 맞추느라 힘든 모양이다. 많이 미안했다. 나름 원정전에 열심히 훈련했다고 생각했는데…. 체력이란 것이 벼락치기로 되는 게 아니라는 걸 새삼 느꼈다.

내 몸이 내 몸이 아닌 듯한 기분으로 한참을 걸었다. 나중에는 물도 거의 다 떨어졌다. 앞을 보니 오르막이 끝없이 나타났

fig. 6

짐을 나르는 뮬라(당나귀과)의 등에 짊어진 짐들이 부러울 뿐이다.
뮬라가 지나가길 바라며 잠시 쉴 수 있었다. 고맙다.
뮬라야, 너희들이 쉴 수 있게 해주는구나.

fig. 7

아콩카과 BC 가는 길은 멀고도 멀다. 풀 한 포기 없는, 먼지가 폴폴 날리는 자갈길,
그래도 멈출 수 없다. 걷다 보면 BC가 나오리라.

다. 마지막 오르막이다.

"지그재그 길인데 저 끝은 어떻게 가지?"

걱정이 앞섰고 시간이 너무 지체되어 또 걱정되었다. 걱정 위에 걱정이 덮친 기분이랄까. 오르막 거의 끝에 이시엽이 나타났다.

"구세주여!"

이시엽의 명랑한 설레발을 듣고 힘이 났다. 10분이면 BC에 도착한다고 했으나 30분을 더 걸어야 했다. 마지막 스퍼트, 드디어 BC에 도착했다. 감격스러웠다.

나의 아콩카과 원정은 여기까지다.

나는 '아이고 환갑'이 아닌, '아직도 환갑'이다.

14 Aconcagua Climbers

KIM TAEWAN

회사에서 탈출하기
LA에서 BC까지

▲

김태완

이 글은 현재 미국에서 주재원 생활 중인 내가 아콩카과 원정 참여까지의 결정과 난관, 그리고 마침내 도착한 아콩카과 BC까지의 여정에 대한 원정 소회라고 할 수 있다.

아콩카과에 다녀온 지 벌써 4개월의 시간이 흘러 새삼 가물거리는 기억을 더듬어 본다.

미국 LA에서 주재원 신분으로 제조사업장 관리자로 근무한 지 벌써 3년째, 하루도 바람 잘 날 없는 공장 생활은 대부분 주말을 반납하고 원치 않는 일중독이 되어야 하는 일상이다. 이런 현실에서 과연 20여 일간 해외 원정으로 자리를 비운다는 건 정말 쉽지 않은 결정이다.

지난 2010년대 데날리 원정, 토왕 등반, 사막 마라톤 등 늘상 무언가를 꿈꾸며 새로운 여정에 목말랐던 시간도 있었지만….

2017년 해외 근무를 시작하면서, 함께 하던 임들과도 멀어지고 늘 회사라는 테두리에 갇혀 지내다 보니 어느새 나이만 무성히 먹어 버렸다.

해외라는 분리된 공간에서 오로지 회사만 바라봐야 하는 시간이 길어지니 무엇을 할 수도 없고, 하더라도 예전의 열정도, 그때의 분위기도 나지 않았다. 혼자라서 뭔가를 시도할 여력도 없을 시점인데 다행히 '다우악'이라는 튼튼한 뒷배가 있어 아콩카과 원정이 추진되었다. 이번에는 조벽래 형, 하태웅, 임동한 등 친한 선후배와 함께하는 원정이었다.

"회사의 부역(워크홀릭) vs 개인의 일탈(원정 참여)"

그 갈림길에서 '갈까? 말까?' 고민하는 스트레스가 한 달여 지속되었다. 그러나 예전 원정에서도 첫 시작은 항상 항공권이니, 12월 원정이지만 3월에 일단 항공권 구입부터 해두었다. 자의든 타의든 일단 물은 엎지르고 나면 무조건 Go를 하게 된다는 건 지난 시간의 학습효과었다.

'시작이 반'이라는 말이 있듯이 원정 8개월 전 항공권부터 지르고 보니 '일단 무조건 원정을 가자.'라고 마음을 다졌다. 하지만 이것도 일주일만 행복할 뿐 쉴 새 없이 돌아가는 공장의 기계는 여전히 워크홀릭의 일상을 강요했다.

한 달, 두 달, 석 달…, 회사는 심술이라도 부리듯 점점 요구하는 업무가 많아지고 월, 화, 수, 목, 금, 금, 금. 하루도 쉬지 못하는 날이 부지기수로, 출발일은 다가와도 원정 준비는 뒷전이고 훈련도 제대로 할 수가 없었다.

'훈련이 안되면, 장비발이라도 세워야지.'

내 속물근성에 예전 원정 때 사용한 장비가 있어도 Made in USA 장비로 대부분 새로 사들였다. 배낭, 이중화, 크램폰, 헬멧 등등…. 훈련도 하지 않는데 매주마다 배송되는 택배 상자를 보며 '나름대로 원정 준비 잘하고 있군.' 하는 자기 착각에 빠지곤 했다.

어쨌든 하루 24시간, 주 7일 쉼 없이 가동되는 공장은 크고 작은 문제가 늘 발생한다. 본사라는 조직은 요청 사항이 뭐가 그리 많은지 매일 숙제가 내려왔다.

결국 비행기 타는 전날까지도 뺑뺑이 도느라 퇴근이 늦어졌다. 카고백도 하루 만에 얼렁뚱땅 쑤셔 넣듯 패킹하고는 긴 여정의 준비를 끝냈다.

드디어 12월 20일 아침.

집에서 우버를 불러 LA 공항으로 출발하고 나서야 모든 시름을 접어둘 수 있었다. 어찌어찌 우여곡절 끝에 결국은 미친 척하고 출발하게 되었지만, 마음은 여전히 무거웠다. LA 공항을 출발한 비행기는 약 22시간의 여정 끝에 산티아고를 거쳐 멘도사에 도착했다. 공항 출국장에는 YB 대장 조현세가 마중 나와 있었다. 고맙게도 공항 바깥에 차량, 입산증 등 모든 걸 준비해 놓고 있었다.

혼잡한 공항에서 차량을 오랜 시간 정차해 놓을 수가 없어 조현세와는 간단히 인사만 하고 멘도사 공항에서 바로 아콩카과 출발지(페니텐테스)로 이동해야 했다.

몇 년 만에 보는 조현세인데, 어엿한 청년이 되어서 이제는 YB를 책임지고 이끄는 듬직한 대장이 되었으니 사뭇 대견했다. 또한 짧은 시간에 이것저것 챙겨주는 모습이 여간 고마운 게 아니었다.

멘도사 시내를 관통하며 보이는 차창 밖 풍경은 남미 특유의 짙은 흙 내음과 함께 도심의 번잡함보다는 느긋함과 여유가 느껴졌다. 때로는 강렬한 색채의 그라비티가 그려진 담벼락을 지나치며 이국적인 스페니쉬 분위기가 절로 났다.

약 4시간을 차량으로 이동하는 동안 밀린 피곤함에 자다 깨다 반복하는 사이 저 멀리 웅장한 산세가 펼쳐지는가 싶더니 아콩카과 공원 입구에 도착했다. 비록 태양은 산허리에 걸려 있지만, 시간이 오후 5시라 입산 제한 시간이 다 되었다. 부리나케 배낭을 메고 공원 입구가 닫히기 직전에 뛰다시피 입산 신고 지점을 무사히 통과했다. 가쁜 숨을 몰아쉬며 한숨 돌리

자마자 큰 산이 앞에 턱 하니 버티고 있었다.

이제부터는 아무도 없는 큰 산어귀를, 내 앞에 버티고 있는 산 너머를, 혼자 가야 한다는 생각에 소름이 엄습해 왔지만, 온몸에 돋는 소름을 생각할 틈이 없었다. 어둠이 몰려오기 전에 대원들이 있는 곳에 도착해야 한다는 생각에 걷기 시작했다. 먼저 올라간 대원들이 기다리고 있을 거란 생각 때문인지 대원들이 보고 싶은 마음에 잠시도 쉬지 않고 부지런히 걷고 또 걸었다.

공원 입구 페니텐테스에서 첫 Camp가 있는 콘푸렌시아까지 약 3시간 남짓 홀로 걷는 내내 배낭을 멘 어깨가 부자연스러웠다.

미국에 동떨어져 있다는 핑계로 국내 합동 훈련에 참여한다는 것은 불가능했고, 개인 훈련으로 담금질이라도 열심히 했다면 이렇게 불안하지는 않을 텐데….

준비기간 8개월 내내 뇌리를 떠나지 않는 걱정거리는 어떤 등반을 혹은 어떤 훈련을 할까 하는 생각보다는 어떤 핑계로 휴가를 받아 원정을 갈 수 있을까 하는 생각이 떠나질 않았다.

여기까지 오는 동안 훈련도 없이 이웃집 마실 가듯 혹은 쫓겨 오듯 떠나온 원정이 막상 오고 보니 부담스러웠다. 그동안 간과해 온 사실이었지만, 훈련 부족과 체력의 부담이 앞으로의 원정 기간 내내 마음을 쓰리게 만들었다.

원정에 참여하는 직장인으로서 참여 의지와 항공권 구매, 이것만 해두면 원정의 절반은 성공이라고 모두 얘기한다. 그러나 원정은 원정이다. 집 떠나고, 큰 산에 들어서는 순간 그 어느 것 하나 쉬운 게 없다. 마치 산소 없이 단 1분도 못 버티지만, 산소가 중요하다고 아무도 얘기하지 않는 것처럼.

원정에 있어 무엇을 하든 훈련과 체력이 뒷받침되어야 하는 건 기본 중 기본인데 너무 준비가 부족한 건 아닌가 하는 여러 가지 걱정이 물밀듯 밀려 왔다.

이런저런 걱정과 형들, 동생들을 빨리 보고 싶은 욕심에 3시간 동안 부지런히 발걸음을 내디뎌 마침내 콘푸렌시아 Camp에 도착했다. 반가운 얼굴들이 잔뜩 기다리고 있었다. 조광제 형, 성기진 형, 하태웅 형을 비롯해 원정 기간 내내 부단히도 고생했던 황태웅 대장과 국내에서 잠깐 뵌 현정란 누님도 계셨다. 임동한은 훈련을 열심히 했는지 온몸이 근육이고, 벌써 50대 언저리에 다다른 원정팀 막내 이시업도 함박웃음으로 맞이해 주었다.

반가운 얼굴을 보는 순간, 모두가 환한 얼굴로 반겨주는 순간, 올라오는 내내 마음을 짓누르던 걱정은 어느새 날아가 버렸다. 배낭을 들어주는 손길을 느끼는 그 짧은 시간에 원정 준비기간 해외에 있다는 핑계로 국내에 있던 대원들이 차린 밥상에 숟가락 하나 보태는 모습이 느껴져 속으로는 여간 미안한

fig. 8

공원 입구에서 세 시간을 걸어서 도착한 첫 캠프지 콘프렌시아. 반갑다.
미소를 머금게 해주는 팻말이다.

fig. 9

BC로 가는 길, 메마른 땅에서의 물 한 모금은 귀하다. 대원들은 한 마음으로 서로에게
부족한 것을 나누어 준다. 물 한 모금의 정을 나누는 두 대원.

게 아니었다.

이렇게 LA에서 출발한 지 약 35시간 만에 드디어 한 팀으로 도킹하고 반갑게 얘기하는 것도 잠시, 밤이 늦다 보니 대충 저녁 끼니를 때우고 땀에 전 몸이지만 기온이 차가워져 그냥 옷도 갈아입는 둥 마는 둥 대충 입고 Camp의 낡은 침대에 몸을 눕혔다. 금세 피로가 물밀듯 밀려와 잠에 곯아떨어졌다.

다음날은 BC에 입성하는 날이라 아침 일찍 일어나서 길을 재촉했다.

첫 Camp 콘푸레시아에서 BC인 프라자데뮬라스 가는 길은 특유의 메마르고 건조한 안데스산맥의 특징을 그대로 빼다 박아 중간중간 저 멀리 보이는 풍경은 마치 달의 표면처럼 지구상의 것이 아닌 이상한 암석층으로 가득 차 있었다. 메마른 땅에서 내딛는 발자국마다 먼지가 풀풀 나는 흙길을 걸으며 때로는 등짐 한가득 짊어진 뮬라 떼가 만들어준 흙먼지도 한 움큼 들이키는 사이에 어느덧 9시간여 만에 프라자데뮬라스(BC)에 입성했다.

아콩카과 BC는 다양한 상업 등반 업체 덕분에 에베레스트 BC 다음으로 큰 규모를 자랑한다. 본격적인 시즌이 시작되고 보니 세계 각지의 등반객을 위한 형형색색의 텐트와 사람들로 BC가 북적였다. BC에 도착하자마자 우리 팀은 텐트를 배정받고, 뮬라 떼가 옮겨준 짐을 찾고 부산하게 움직이면서 입산 신고와 메디컬 체크를 마쳤다. 이것저것 해야 할 일을 하다 보니 또 다른 속세의 모습이라는 생각이 들었다.

본격적인 등반을 위해 짐을 분류하고, 장비를 챙기다 보니 도시인에서 등반가로 나 자신도 서서히 변모해 갔다.

아콩카과 밤하늘에 뜬 초롱초롱한 별을 보니 온갖 생각이 밀려들었다.

엊그제까지 회사의 숨 가쁜 일상들로 밤낮없이 내달렸는데, 눈떠 보니 세상 동떨어진 곳, 남미 최고봉 아콩카과 BC에 와 있다니 새삼 신기할 뿐이다. 그러나 여전히 해야 하지만 하지 못하고 온 일들이 머릿속을 떠나지 않았다.

밤하늘의 별은 잊었던 과거를 되살려 주지만, 때로는 현재의 모습을 잊어버리게 하는 양면의 마법을 가지고 있다. 괴롭고, 마음 쓰리고, 스트레스 받았던 일상도 본격적인 등반이 시작되면 점점 기억 속에서 사그라들 것이다. 이제 이 밤이 지나면 나는 오롯이 이곳 등반에만 집중하리라 마음을 다잡으며 BC에서의 첫날을 마감했다.

끝으로, 지난 시간 몇 차례의 해외 원정에 참여하면서 그 대상지도 중요했지만, 오히려 누구와 함께, 어떤 훈련을 하고, 혹은 몇 날 밤을 함께 땀 흘리고, 고뇌하고, 행복하고, 준비하는 과정이 더욱 소중함을 아는데, 이번에는 그런 과정에 함께 하지 못해 못내 아쉽고, 함께 해준 대원들에게 여간 미안한 게 아니다. 그렇게 몸만 달랑 왔어도 기꺼이 참여하게 해준 우리 대원들에게 진심으로 고맙다.

14 Aconcagua Climbers

LIM DONGHAN

참 오래도
걸렸네!

▲

임동한

1993년 대학산악부에 입회한 후 해외 원정등반이라고 할 만한 산행에 한 번도 동참하지 못했다.

2015년 8월, 동아대학교 6대륙 최고봉 등정 프로젝트의 마지막 원정등반 계획이 세워졌다. 드디어 기회가 왔다. 그것도 피날레, 대상지는 북미 최고봉 데날리다.

만만치 않은 곳이다. 아니, 경험이 없었던 나에게는 그냥 두려움이 앞섰다. 그만큼 고민을 많이 했다. 안 그래도 밤잠이 없는데 이것 때문에 며칠 동안 밤잠을 설쳤다. 하지만 약 10개월 후의 일을 지금 고민해 봐야 의미 없다는 결론과 후회할 일은 처음부터 만들지 말자는 생각, 그리고 다우악의 일원으로 역사의 한 페이지에 동참하고 싶어서 데날리 원정대원에 이름을 올렸다.

매주 빡빡하게 짜인 러닝, 수영, 하중 훈련 산행, 썰매 끌기 훈련 산행 등등. 일단 비행기를 타든 못 타든 준비가 되어 있어야 한다고 생각했다. 그랬기에 훈련에 빠지지 않았고, 개인 훈련도 열심히 했다.

출발 한 달여 전, 예기치 못한 변수가 생겼다. 스스로 최선을 다해 열심히 훈련했고, 마음가짐도 다잡았는데, 아쉽게도 비행기에 오르지 못했다. 결국 나는 원정에 참여하지 못했다.

한 삼일 정도 훌쩍이며 끅끅댔던 것 같다. 그것을 본 아내가 데날리 원정대원 누군가에게 메시지를 남겼다.

— 다음번 해외 원정 산행이 계획되면 임동한 씨 꼭 데려가세요.

7년여가 지난 2023년 기회가 왔다.

남극 빈슨을 포함하여 7대륙 최고봉 등정 피날레와 함께 남미 최고봉 아콩카과 등반계획이 세워졌다. 2016년보다 더 거창하고, 인원도 많고, 경비도 많이 소요되는 원정대였다. 기회를 놓치기 싫었고, 평생을 후회할 것 같아 또다시 원정대원에 이름을 올렸다.

출발까지 8개월이 남았지만, 또다시 걱정이었다.

'이번에는 무슨 일이 있어도 비행기를 타고 말겠어.'

다시 한번 열심히 훈련했고, 하루하루 다가오는 순간이 무척이나 긴장되었다.

'설마, 이번에도? 설마, 안 생길 거야.'

난 변수를 만들지 않으려고 열심히 준비했다.

2023년 12월 16일 비행기가 이륙하는 순간 나 자신도 모르게 앞이 어른거렸다. 살짝 눈물이 맺혔다.

그렇게 원정 가는 길은 만만치 않았고, 더군다나 정상에 도달하는 일은 말해 무엇하랴.

며칠 날씨 상태를 관망한 후 대망의 정상 도전일!

캠프2의 새벽 날씨는 바람만 살짝일 뿐 폭풍전야처럼 고요했다. 첫 번째 정상 등정을 시도한 이틀 전, 안데스산맥에서 불어닥친 강한 바람에 후퇴의 고배를 마신 경험이 있다. 그때의 두려움과 좌절이 온몸을 감싸 더욱 한기가 느껴졌다.

'과연 정상은 우리의 도전을 받아줄 것인가?'

밤하늘을 바라봤다. 달과 별이 환하게 비추었다.

'그래. 이번에는 꼭 오르자.'

우리를 정상으로 인도할 것이라 믿어 의심치 않았다.

황 대장과 조벽래 형이 나를 불렀다.

"동한아, 선두에 서라."

"수시로 뒤돌아봐라이."

'으잉? 왜 나지?'

달과 별은 환했지만, 랜턴을 켜도 바로 앞이 잘 보이지 않았다. 살짝만 길을 잘못 들면 돌아가게 되고 그렇게 되면 체력 소모가 늘어나 부담스러워질 것이 뻔했다.

'내가 그렇게 컨디션이 좋아 보이나? 시엽이도 있는디…. 행님들이 가라믄 가는 기지.'

또 걱정이다. 이런 소심함의 끝판왕은 어쩔 수 없다.

사실을 털어놓자면 국내에서 훈련할 때마다 난 정상 등정 가능성 순위에서 스스로 뒷번호를 부여했다. 그냥 주변에서 다들 그랬듯이 안되면 편하게 중간에서 포기하고 내려올 생각이었다.

한 발짝 두 발짝 걸으면서 뒤돌아보며 대원들 간격을 확인했다. 길이 맞는지 확인하며 걷다 보니 동이 트기 시작했다. 그렇게 캠프3에 도착했다. 다행히 길을 잘 찾아서 많이 둘러오지는 않은 것 같아 안심되었다. 나 스스로 칭찬했다고나 할까.

"동한아, 잘했다."

50대에 칭찬 들었다고 애들처럼 으쓱했으니, 나에게도 '순수'란 게 있었나 보다.

우리와 동행한 일본인 친구에게 물었다.

"몇 살이요?"

fig. 10

정상 도전을 위해 C3에 도착해서 잠시 휴식을 취한다. 힘들어도 C3의 풍경에 젖어본다.

"스물여섯입니다."

"우리는 제일 막내가 마흔아홉이요."

일본인 친구가 놀란다.

"You are amazing!"

일본인 친구에게 말했다.

"이제는 날이 밝아 앞이 잘 보이니 우리가 늦다고 판단되면 먼저 앞서가도 돼요."

"노~우. 끝까지 당신들과 서밋하고 싶어요."

'자식, 혼자 가기 쫄았나 보네. 네 몸은 네 스스로 챙겨야 한다.'

캠프3에서 잠깐 몸을 녹인 후 정상으로 출발했다. 다행히 이틀 전보다는 바람이 덜 불었다. 그래도 많이 분다. 대단한 바람이다.

인디펜시아 쉘터에 올라섰다.

'다들 컨디션이 썩 좋은 것 같지는 않은데….'

아니나 다를까 횡단 구간을 지나 정상 아래 오버행 쉼터에서 이시엽이 안 좋다. 다른 대원들도 힘들어 하기는 매한가지다. 나도 힘들었다. 온몸이 무기력증에 걸린 것처럼 온몸이 따로 놀고 허벅지에 힘이 들어가지 않았다.

'아, 내 허벅지에 피가 안 도나?'

허벅지를 때려 봤다.

힘들어 망설이고 있는데 황 대장님과 조벽래 형이 소리쳤다.

"안 올라가고 뭐하노! 빨리 출발해라!"

이 한마디로 배낭을 들쳐 메며 혼자서 중얼거렸다.

"에이시, 죽을 지경인데. 좀 쉬면 안되나?"

한 발, 두 발 내디디는 동안 온갖 생각이 나를 엄습했다.

'씨, 크램폰 달린 이중화가 오늘따라 왜 이리 무겁노?'

'제기랄, 심장은 왜 이리 뛰냐?'

오만 생각이 머릿속으로 처박혔다. 심장에서는 펌프질이 제대로 안되는 거 같았다.

'젠장, 내 허벅지를 탓해야지.'

'씨, 고성능 심장 펌프를 장착하지 못한 나를 탓해야지. 누굴 탓하랴.'

'씨, 스쿼트를 좀 더 할걸.'

'제길, 금정산을 한 번 더 갔다 올걸.'

힘들었다. 그냥 힘들었다. 입에서 욕설이 절로 나왔다. 머리는 아프지 않은데 심장이 터질 것 같고 허벅지가 안 움직여졌다. 부산교대 김석수 형 말 중에 "아이젠이 무거워 발 들기가 힘들더라." 그 말이 백 번 천 번 이해 갔다.

정상 바로 앞에서 포기하고 내려가고 싶었다. 아니, 내려가려 했다. 하산이 걱정되었기에. 또한 무리하지 않기로 아내와 약속했기 때문이다. 한참을 서서 세상의 모든 산소를 몸속에 넣기 위해 가쁜 숨을 쉬면서 심장을 달래 봤다.

"후유~후유~"

그러는 사이 조벽래 형이 앞질러 갔다.

"뭐하노! 빨리 가자! 가자!"

조벽래 형 특유의 말투에 잠깐 썩은 미소가 나왔다.

"그래. 가자! 벽래 형 사진 찍어주러 가자. 가자! 가자!"

한 발 한 발 내디디고 숨을 쉬다 보니 정상이 보였다.

정신이 없어 몰랐다. 조벽래 형이 정상 밟는 나를 카메라에 담고 있었다는 것을. 후배가 먼저 정상 밟기를 기다리면서.

솔직히 말하면 그 순간엔 아무 생각이 없었다. 정상이고 감동이고 나발이고, 그냥 춥고 잠 오고 내려가고 싶었다.

"동한아, 수고했다."

조벽래 형이 나를 꼭 안아주었다. 그때서야 정상에 왔구나 싶었다.

"정상이다! 정상에 왔다!"

대학산악부에 입회 후 최고 도달 높이였던 1,950m를 넘어 7,000m 가까운 높이에 발자국을 남기는 순간이었다.

'이게 뭐라고? 뭣이라고? 이렇게 먼 지구 반대편까지 와서 이 오름 짓을 하는가?'

이런 물음에 딱히 대답할 말은 없지만, 혼잣말로 중얼거려 봤다.

fig. 11

아콩카과 정상이 바로 눈앞에 있다. 조금만 더, 조금만 더 힘내자. 내가 왔다.

fig. 12
마침내 아콩카과 정상에 섰다.
여기까지 오는데 참 오래도 걸렸다.

"여기까지 오는데 참 오래도 걸렸네."

"고생했네. 임동한."

'훗날 산악회 인생에서 자신에게 부끄럽지는 않겠구나.'라는 생각과 함께.

구구절절한 명언, 명구절, 각종 미사여구를 곁들여서는 그날의 여정이 적절히 표현되지 않았다. 그냥 내가 느낀 그대로 내 맘속에 있는 표현 그대로….

좋은 분들과 좋은 곳에서의 일상을 넘어선 새로운 여정.

난 참 행복한 놈이다. 언제 다시 이런 좋은 분들과 이런 멋진 곳에서 내가 살아 있다는 환희에 차고 넘치는 경험을 할 수 있을까.

또 다른 그날을 고대하며….

14 Aconcagua Climbers

HA TAEWOONG

긴긴
하루

▲

하태웅

2차 정상 공격하기 전날,

"C2에서 바로 정상 공격하자."

조벽래 말에 김태완이 다른 의견을 내놓았다.

"C3에서 하는 게 좋지 않을까요?"

나는 자료를 찾아봤다.

C2에서 정상 공격한 팀들이 간혹 보였다. 그랬기에 조벽래 의견에 동의했다. 지나고 보니 내 체력이라면 C3에서 정상 공격을 하는 게 맞지 않았나 하는 생각이 든다. 김태완의 의견을 좀 더 새겨들을걸 하는 아쉬움이 생긴 건 내가 정상을 밟지 못

한 아쉬움 때문일지도 모른다.

1월 3일 새벽 일찍 일어났다. 아침을 간단히 먹고 무거운 몸을 일으켰다. 다들 비장한 각오로 배낭을 꾸렸다.

임동한이 선두에 서서 걸었다. 한 걸음 한 걸음. 발걸음은 느리면서 신중했다. 나는 임동한에게 바짝 붙어 걸음을 옮겼다. 오늘은 Independencia Shelter까지 오르는데도 1차 공격 때 같지 않게 힘이 많이 들었다. 1차 공격 때까지는 잠깐씩 고소증세가 있었지만 심하지 않았고, 캠프로 올라갈 때마다 컨디션이 좋아 정상에 오를 수 있을 것 같아 신났는데, 왜 하필 마지막 등반에 체력이 떨어지는지 불안감이 엄습했다.

C3에 올라가니 제법 많은 팀이 정상으로 출발하고 있었다.

Independencia Shelter에 도착하여 보관해 놓았던 크램폰을 장착하고 다시 오르기 시작했다.

설사면을 올라 트래버스를 하기 시작했는데 손가락 바위를 지나니 쪼그려 앉은 남성이 보였다.

'헉! 뭐지? 마네킹인가? 시체인가?'

하지만 생각할 여유가 없었다. 체력에서 오는 부담으로 앞만 보고 걸어야 했다.

등반 내내 컨디션도 좋았고, 잘 먹었고, 하이캠프로 올라갈 때마다 최고의 컨디션을 유지했는데….

'에이, 왜 하필 오늘….'

fig. 13
크램폰을 장착하고 설사면을 오르기 시작했다. 이곳을 올라야 한다. 정상을 밟기 위해.

조벽래와 임동한을 따라 겨우 동굴 바위까지 오자 조벽래가 우리를 보며 말했다.

"배낭 벗어놓고 올라가자."

조벽래는 가벼운 듯 재빠르게 앞서갔다. 역시 조벽래다웠다. 나와는 계속 간격이 벌어졌다. 임동한은 약간 옆쪽으로 돌아서 올랐다.

"헉 헉 헉!"

내 호흡은 가빠졌고, 걸음은 점점 느려졌다. 조금 더 올라가다가 6,800m 지점에서 하산하는 남자 가이드를 만났다. 레인저 자격이 있다고 그가 말했다.

"정상에 올라가기엔 늦었으니 내려가는 게 좋겠어요."

'어떻게 하지. 체력이 바닥인데….'

한참을 망설였다.

우리와 같이 나섰던 일본인 젊은이가 올라오더니 나에게 물었다.

"정상에 올라갈 건가요?"

"가이드가 너무 늦었다고 내려가라고 하네요."

"전 정상을 밟을 거예요."

우리가 이야기하는 사이 밑에서 남자 가이드가 나를 올려다봤다. 난 또 머뭇거렸다.

'어떻게 하지?'

그때 여자 가이드가 다가왔다. 베이스캠프 때부터 보던 얼굴의 자그마하면서도 당찬 여성이었다. 그 여성 가이드는 더욱더 단호하게 얘기했다.

"시간이 늦었으니 내려가는 게 좋아요."

"알겠어요."

나는 내려가기로 하고 위를 올려다봤다. 조벽래와 임동한이 정상 능선으로 걸어가는 모습이 보였다. 물론 정상도 보였다. 정상에서 두 팔을 벌리고 있는 산악인들도 있었다. 정상을 밟고 싶다던 젊은 일본인은 가이드 말을 무시하고 위로 걸음을 옮겼다. 그는 훨씬 늦게 올라왔는데 정상으로 향했다. 나는 만류할 수 없었다.

미련 없이 뒤돌아서서 내려오는데 함께 하산 중인 김태완이 목소리가 들렸다.

"형! 이쪽으로 와요."

대답할 힘조차 없었다. 김태완이 있는 쪽으로 내려간다고 내려가는데 자꾸만 벽 쪽으로, 길이 험한 곳으로 걷고 있었다. 김태완이 걱정되는지 큰 소리로 외쳤다.

"형! 그쪽이 아니라 이쪽이에요. 이쪽! 그쪽은 위험해요!"

나는 겨우 방향을 잡았다. 김태완이 아니었으면 엉뚱한 곳에서 체력을 소진할 뻔했다.

"태완아, 고맙다."

김태완을 만나 동굴 바위 밑에서 한참을 쉬었다. 쉰다고 쉬는 게 아니었지만 잘 내려가기 위해서 호흡을 가다듬었다. 그리고는 크램폰을 벗어서 배낭에 넣었는데 그게 실책이었다. 손가락 바위 근처의 사면에 눈이 많아 직진을 못하고 둘러서 내려가야 했다.

직진했던 가이드팀들도 한참을 내려갔다가 올라가는 게 보였다. 나도 직진 유혹을 뿌리쳤다.

"훕!"

입에서 나오는 한숨인지, 힘든 숨인지 모를 숨이 뿜어져 나왔다. 아니, 뿜어냈다.

"하! 하! 하!"

너덜지대에서 미끄러지면서 노스페이스 바지 엉덩이에 2cm 구멍이 났다.

'훈장으로 생각하자.'

체력이 바닥이었다. 힘들다. 커다란 바위 밑에 앉았다. 그때 정상을 등정하고 어느샌가 하산 중인 조벽래를 만났다.

"뭐하노? 내려가자."

그러곤 조벽래는 쏭 내려갔다.

"저놈아, 체력 좋네."

마음은 따라가고 싶은데 발걸음은 쉬이 뗄 수가 없다. 조벽래는 내려가는 중간중간 내가 걱정되는지 계속 돌아봤다.

겨우 C3에 도착하니 조벽래가 서성이고 있었다. 나는 반가운 마음에 조벽래 쪽으로 걸어가는데 몸은 엉뚱한 방향으로 갔다. 조벽래가 놀라서 나를 붙잡았다.

어찌어찌 C3까지 내려왔다. 다행이다. 그때 조벽래가 말했다.

"캠프3에는 침낭이 없으니 캠프2까지 내려가자."

나는 고개를 절레절레 흔들었다.

"체력이 바닥 나서 도저히 못 가겠어."

조벽래가 다른 텐트에 침낭을 구하러 다녔다. 하지만 빌릴 수 있는 침낭은 없었다. 누가 C3까지 여유분 침낭을 가지고 올라오겠는가.

우리는 텐트보다 따뜻할 것 같은 나무 쉘터에 자리를 잡았다. 텐트에 있던 버너를 가지고 와서 피우니 그나마 따뜻했다.

한참 후에 김태완이 도착했고, 임동한도 지친 모습으로 도착했다. 하지만 일본인 젊은이가 늦게까지 내려오지 않았다. 모두 걱정하고 있는데 반가운 얼굴이 아주 지친 모습으로 쉘터로 들어왔다.

"함께 밤을 보내도 되나요?"

"네, 들어와요."

우리는 버너로 몸을 녹이고 따뜻한 물을 마시면서 버텼다. 하지만 그때뿐, 쪽잠을 잘 수밖에 없었다. 앉아서 졸고 있는데 그 모습이 오전에 보았던 손가락 바위에 방치되어 있던 남성 시체와 비슷했나 보다.

"동한아, 태웅이 죽은 거 아이제?"

조벽래가 묻자, 임동한이 나를 툭 쳤다. 당연히 난 움찔 움직였다.

"보소. 안 죽었습니다."

그렇게 우린 추위에 떨며 북극곰 운동을 하고 물을 끓이는 조벽래의 쉼 없는 생존 몸짓을 보며 긴긴밤을 보냈다.

fig. 14

C3캠프 쉘터에서 침낭도 없이 몸을 웅크리고 온몸을 감싸고 밤새 추위와 싸웠다.
누가 내 심정을 알까?

14 Aconcagua Climbers

SUNG GIJIN

카페 'INKA'
시몬과 하몽

▲

성기진

아침 8시경 콘푸렌시아 Camp에서 출발하여 BC까지 9시간 이라는 힘든 하루 여정이 끝났다. BC에 입성했을 때 이루 말할 수 없을 정도로 기뻤다. 의자에 털썩 주저앉아 몸의 피로를 풀었다.

잠시 후 우리 팀 텐트가 배정되었고, 힘든 몸을 이끌고 또 짐을 풀어야 했다. 그런데 이게 웬 떡인가?

'Cafe'

진짜 카페였다.

우리 텐트 바로 앞에 카페가 있었다. 돔 형태의 비닐 텐트로

지어진 카페로 BC의 에이전시 잉카(INKA)에서 운영했다. 일명 텐트 카페 안에는 있을 것이 다 있었다. 커피뿐만 아니라 맥주, 샌드위치 등등 다양한 메뉴를 보는 순간 눈이 휘둥그레졌다. 몸은 피곤했지만, 얼굴에 화색이 돌았다고나 할까. 피곤함은 일찌감치 날아가고 없었다.

맥주 가격은 10달러, 커피는 5달러. BC에서 이 정도 가격이면 나쁘지 않다.

"오~예!"

때마침 목이 말랐던 나는 잉카 카페로 들어갔다.

"Hello~"

'잉카(INKA)'라는 에이전시 로고가 그려진 까만 티를 입고 까만 모자를 쓴 젊은 친구가 활짝 웃으며 돌아봤다.

"Hello!"

"Please give me a can of beer."

어쭙잖은 영어로 맥주 한 캔을 주문했다. 그리고 또 한 캔. 냉장고에서 나온 맥주는 시원했다. 벌컥벌컥 마시고 지폐 100달러를 꺼냈다.

"How much?"

100달러 지폐를 본 젊은 친구가 "No" 손을 가로저으며 돈을 되돌려줬다. 잔돈이 없다고 하면서. 하지만 한번 꺼낸 돈을 다시 주머니에 넣기에는 내 자존심이 허락하지 않았다.

fig. 15
아콩카과 BC에 있는 카페. 우리 텐트 바로 앞에 있었다. 카페가 내 '쉼'의 장소다.

fig. 16
카페에서 맥주 안주로 내어 온 하몽과 치즈

"내일 또 맥주 마시러 올 테니 보관해 줘요."

카페 주인장 입장으로서도 나쁜 거래는 아니었던 듯하다.

"OK!"

환한 웃음을 지으며 대답했다.

이 기회를 놓칠 수 없었던 나는 이름을 물었다. 'Simon(시몬)'이라고 했다. 통성명했으니, 자유롭게 카페를 드나들 수 있을 거라는 생각에 회심의 미소를 지었다.

우리 텐트와 카페와의 거리는 다섯 걸음 정도라고나 할까? 바로 앞마당에 카페가 있는 거였다. 화장실 가듯 자주 갈 수 있다는 생각에 덩달아 기분이 좋았다.

카페지기인 시몬은 상쾌하면서 명랑한 친구였다. 시몬의 상쾌한 마음이 나에게도 전염되는 것 같았다. 시몬의 미소가 9시간을 걸으며 지친 내 몸과 마음을 멀리 날려 보냈다.

다음 날 오후 5시, 다시 카페를 방문했다. 맥주 한 캔을 주문하니 시몬은 땅콩과 콘칩을 덤으로 주었다.

"Thank you."

나도 가만있을 수 없어서 라면과 비스킷을 시몬에게 내밀었다.

"Korean ramen and biscuits, okay?"

"Okay. Thank you."

필요한 것을 자유롭게 마시고 먹고…. 그렇게 100달러가 넘게 되면 다시 100달러를 주기로 했다.

그 다음날도 오후 5시경 카페로 가서 맥주와 하몽을 주문했다. 그런데 하몽 양이 새 발의 피였다고나 할까, 누구 입에 풀칠하라고.

"Simon, enough please."

시몬이 치즈와 함께 하몽을 한 접시 가득 들고 왔다.

이렇게 4천 미터가 넘는 BC에서 하몽 안주의 역사가 시작되었다.

YB인 조현세, 이호선, 문기빈, 이수지, 여정윤이 BC에 도착했다. 다섯 명의 YB 얼굴에는 고생한 듯 피로감이 한가득 들어차 있었다.

'어떻게 피로를 풀어줄까?'

고민하다가 무릎을 탁! 쳤다.

"아하, 카페."

YB들을 카페로 초대해서 콜라를 한 잔씩 마시게 했다. 맛있는 하몽은 덤이다. 시원한 콜라를 마시는 YB들의 모습은 세상의 모든 것을 얻은 듯 행복해 보였다. 그 모습에 나도 덩달아 행복했다.

그 누군가는 고산에서 마시는 콜라의 알싸한 맛은 고산증도 이긴다고 했다. 다우악 대원들 모두가 카페에서 즐거워하고, 하몽 맛에 행복해 하는 모습은 나를 기쁘게 하기에 충분했다.

이렇게 BC 카페에서의 맥주와 하몽은 잊을 수 없는 맛이 되어
버렸다. 이러니 매일 카페에 드나들 수밖에.

　이번 아콩카과 원정에서 BC 카페의 시몬과 하몽은 내 마음
속에 오랫동안 추억으로 남을 것이다.

fig. 17
카페에서 YB대원들과 맥주 한 잔의 시원한 맛을 느끼고 있다.
YB들과 맥주 한 잔의 행복을 만끽하고 싶다.

14 Aconcagua Climbers

LEE SIYEOP

식량에 관해
묻는다면…

▲

이시업

사람의 3대 욕구 중 하나가 식욕, 즉 먹는 것이다. 도시에서 못 먹으면 다이어트지만, 산에서 못 먹으면 다음 일정에 치명적인 차질을 빚기에 원정에서의 식량은 그 무엇보다도 중요하다. 특히나 해외 고산에서는 더욱더.

50살 넘은 나이로 이번 원정대의 막내이자 중요한 식량 담당을 맡았다. 그러나 원정도 처음, 식량 담당도 처음이라 뭘 준비해야 할지 통 감이 잡히질 않았다.

'고산에 가면 도대체 뭘 먹어야 하지? 뭘 해먹일 수 있다는 거지?'

조건이 생각보다 까다롭다. 비행기 수하물 무게도 맞춰야 하고, 대원들의 각기 다른 입맛과 상황에 맞는 음식들을 챙겨야 하다 보니 확인할 것이 한둘이 아니다.

우선 각종 원정 보고서와 조언을 끌어모아 메뉴의 틀을 잡고, 대원들의 입맛에 맞춰 수정해 갔다. 나름 계획도 잘 세웠고, 준비도 잘했다고 스스로 뿌듯해 했다.

그러나 착오가 생겼다.

고산에서 입맛이 평상시와 다르기에 식량이 많이 남을 것이라고 예상했고, 패킹 과정에서 준비한 식량의 20% 정도를 빼 버렸다.

여기서 생긴 착오는 치명적이었다.

식량을 빼는 과정에서 다양성(짜파게티, 신라면 등)을 포기하니 베이스캠프에서 그놈의 멸치 칼국수만 주야장천 먹게 되었다. 멸치 칼국수를 단일메뉴로, 속에서 멸치 냄새가 올라오는 기분이었다.

제일 변수는 대행사에서 제공하는 식사였다.

'이렇게 입맛에 안 맞을 수가!'

식사 돔 텐트에 둘러앉아 이야기하고 있으면 직원들이 차례로 요리를 가져다준다. 흰 접시에 정갈히 담긴 음식은 여느 음식점과 견주어도 손색이 없는 듯한 비주얼이지만 빛 좋은 개살구다. 오트밀, 바질 파스타, 토마토 라자냐, 등 생소한 음식들

fig. 18

BC에서 먹고 또 먹고, 지겹게 먹은 멸치국수. 이젠 도저히 멸치국수 먹을 수 없다.

짜장면이 그립다. 매운 라면도, 빨간 떡볶이도 먹고 싶다.

이 밥상에 올라오니 반갑지 않았다. 아니, 먹히지 않았다.

　"아, 맞다. 고추장!"

　그나마 다행인 것은 우리에겐 한국에서 가져온 구원투수가 있었다. 다들 한 입씩 먹고 나면 약속이라도 한 듯 조용히 손이 고추장이나 고추다짐장을 비볐다. 각자의 접시마다 취향이 보이는 또 다른 요리를 만들어 냈다. 나중에는 음식이 나오자마자 자연스럽게 고추장을 옆으로 돌리고 있었다. 또 다른 구원투수는 김치캔이다. 어느 보고서에서 김치가 많으면 좋다고 하길래 왕창 챙겼는데, 어딘가 허한 식사 시간을 익숙한 매운맛으로 달래주었다. 작은 김치캔 하나가 무척이나 귀중했다.

　이렇듯 대원들 식량의 부실함으로 입맛은 더더욱 잃게 되었고, 입맛이 떨어지니 체력 충전도 되지 않았다.

　엎친 데 덮친 격으로 하이캠프에서의 식량인 전투식량(라면애밥, 우리비빔밥)도 영 내키지 않고 인기가 없었다. 주식이 연이어 실패하니 대원들에게 미안한 마음에 쥐구멍에라도 들어가서 손을 번쩍 들고 벌을 서고 싶을 뿐이었다.

　'다시 한번 식량을 꾸리라면 진짜 잘 꾸릴 수 있는데….'

　하지만 다시 꾸릴 수 없는 늦은 후회였다. 스스로가 느낀 식량의 부실함이 너무나도 컸다.

　이번 원정에서 정상 등정에 실패했다면 난 식량을 탓했을지 모른다. 아니 식량을 담당했던 나 자신을 탓했을 것이다. 식량을 잘못 준비했기 때문이라고 자책 아닌 자책을 하며 실의에 빠졌을지도 모른다. 그러나 그런 자책은 하지 말라는 듯 정상 등정에 성공했다. 이 얼마나 다행인가.

'야호, 정상에 올랐다!'

원정 준비에 있어서 처음부터 완벽하게 준비하는 대원은 많지 않을 것이다. 한 번의 시행착오가 있었기에 다음 원정에서는 그 경험을 바탕으로 더 잘 꾸릴 수 있지 않을까.

원정을 떠나는 누군가가 식량에 관해 묻는다면, 실패하지 않을 식량 계획에 대해 들려줄 수 있으리라.

fig. 19
하이캠프에서 BC로 하산하는 대원들의 발걸음은 가볍다.
BC의 풍경이 대원들에게 힘을 준다.

14 Aconcagua Climbers

HYUN JOUNGRAN

체력이
내 발목을 잡은 산

▲

현정란

'에잇, 저질 체력, 왜 몸과 마음이 따로 노냐고!'

혼자 씨부렁거리며 걸었던 아콩카과산. 남미 최고봉 6,962m. 결코, 만만치 않은 산이다.

아주 우연히 동아대 산악부 OB와 함께 원정을 함께 했다. 2022년 파키스탄 PK39도, 2023년~2024년 남미 최고봉 아콩카과산도.

대학 때도, 젊었을 때도 망설이며 가지 못했던 원정을 50대 중반이 넘어서 갔다. 어찌 보면 대책 없는 행동일 수도 있다.

난 그냥 대책 없는 나를 즐긴다.

그냥 훅 들어가는 것을.

생각 없이 행동하고, 생각 없이 끼어들고, 계획 없이 떠나는 것을.

그렇게 내 앞에 주어진 것을 놓치지 않으려고 한다. 대책 없는 어른이라는 걸 나 스스로 인정한다고나 할까. 그래서 누군가는 철없는 어른이라고도 한다.

이번 남미 아콩카과 원정에 참여한 것도 대책 없는 나였기에 가능한 일이다. 생각이 많은 나였다면 결코 원정을 떠나지 못했으리라.

조벽래에게서 아콩카과 원정 이야기를 들었을 때 우선 명단에 올렸고, 마음이 바뀌기 전에 비행기 티케팅을 재빨리 마쳤다. 하지만 난 너무 바쁜 해를 맞이하고 있었다. 새로운 사업을 벌이면서 주말마다 행사를 치러야만 했다. 그러다 보니 단체훈련을 제대로 참여하지 못했고, 그렇다고 개인 훈련도 못했다. 또한 사전 조사도 없이 후배들이 조사한 것을 은근슬쩍 취하고는 그냥 떠났다.

결론은 엄청 힘들었다는 것이다.

뭐가?

체력이.

소크라테스의 '너 자신을 알라.'는 말을 비로소 깨달았던 원정이랄까.

이번 원정에서 잊을 수 없었던 것은 정상 공격을 위해 잠을 잤던 C3에서의 밤이다. 잠을 잤는지 뜬눈으로 지새운 것인지, 눈만 감고 있었던 것인지, 아리송한 밤이었다. 아니 잠이 오지 않을 수밖에 없던 밤이었다.

1차 정상 공격 전날 밤, 잠을 제대로 자는 대원이 몇 명이나 될까? 별로 없을 듯하다. 나 또한 잠을 자기 위해 침낭에 들어가 눈을 감았으나 잠이 오지 않았다.

이리 뒤척 저리 뒤척.

침낭 움직이는 소리로 보아 다른 대원들도 잠을 자지 못하는 것 같았다.

'자야지. 자야지.'

그럴수록 잠은 달아나고 머릿속은 더 선명해진다는 말이 있듯 나도 그랬으니까.

이 생각 저 생각 하다가 잠이 든 순간, 내가 잠이 드는 걸 시기하듯 다시 눈을 뜰 수밖에 없었다. 텐트 밖에서 불어오는 바람 소리에, 또 텐트를 흔드는 바람에 의해 떨어지는 살얼음이 얼굴을 때렸기 때문이다. 그 차가움. 그 차가움을 무시하고 잠들 수 있는 사람이 몇 명이나 될까?

쏴아아아아 쏴아아아아 탁!

먼바다에서 파도가 밀려오다가 바위를 강하게 때리는 소리에 난 잠시 바닷가에 누워 있는 듯한 착각에 빠졌다.

'내가 바다에 왔던가?'

'꿈속인가?'

눈을 뜨고 보니 바다가 아닌 산이요, 아콩카과 C3 텐트 안이다.

파도가 밀려와 바위를 때리는 소리는 강한 바람이 텐트를 때리는 소리였다.

쏴 아 탁!

바람 소리와 함께 살얼음이 얼굴을 강타했다. 정신이 번쩍 든다. 그렇게 얼굴을 가차 없이 때리는 살얼음에 맞지 않으려고 집중하느라 잠을 잘 수가 없었다.

아콩카과 C3 텐트에서 듣는 바람 소리는 바다의 거센 파도 소리, 파도가 몰려와 파도를 때리는 소리와 똑같았다. 그 산에서 불어오는 거센 파도는 텐트를 후려쳤고, 텐트에 붙어 있던 서리는 얼굴을 강타했다. 결국 침낭을 머리끝까지 올렸으나 거친 소리는 막을 수 없었다. 결국 머리끝까지 올렸던 침낭을 걷고 얼굴을 강타하는 서리를 그대로 맞았다. 그렇게 뜬눈으로 밤을 지새웠다.

새벽 4시경 텐트 밖으로 나오자 이미 정상을 향해 출발한 팀들의 랜턴 불빛이 보였다. 우리 대원들이 모두 모였다. 출발을 시작하면서 조벽래가 말했다.

"정란 선배는 캠프2로 내려가시는 게 어떻겠습니까?"

fig. 20

정상을 가기 위해 걸음을 내딛는다. 무쇠를 매단듯 무거운 발을 한 발 한 발 내디디며
오른다.

"으응. 알았어."

내 체력을 알기에, 다른 대원들에게 부담을 주지 않기 위해서였다.

그렇게 우리 대원들이 오르는 것을 올려다 보다가 생각을 바꾸었다. 아쉬움 때문이었다.

'천천히 올라가 보자. 그냥 조금만 올라가 보는 거야.'

그렇게 조벽래와 한 약속을 잠시 지워버리고 천천히 오르기 시작했다. 그러면서 또 자책했다.

'에이, 제대로 훈련했더라면, 체력을 키웠더라면 함께 올라갈 수 있을 건데….'

그렇게 한 걸음 한 걸음 오르기 시작했다. 거북이보다 느린 걸음으로 돌덩이를 매단 듯 무거운 발을 앞으로 천천히 옮길 때 붉은 해가 떠올랐다. 잠시 걸음을 멈추고 붉게 물든 하늘의 아름다움에 젖어봤다. 시인이라면 어떻게든 표현했을 하늘을 난 "와~" 그 한 마디밖에 할 수 없었다. 현재 여기에 서 있기에 볼 수 있는 풍경을 눈에 담았다. 그렇게 돌덩어리들과 자갈, 눈 위에서 미끄러지지 않으려고 발에 힘을 주며 오를 때였다. 하산하는 산악인들을 만났다.

그들이 나에게 말을 걸었다.

"It comes down because of the strong wind. Can't go up." (강풍 때문에 내려온다. 올라가지 못한다.)

"Yes, thank you."

하산하길 권했지만, 우리 대원들은 내려오지 않았기에 더 올라가 보기로 했다.

돌덩이를 매단 듯했던 발은 어느새 무쇠를 달아놓은 듯했고 그 무게감으로 발을 천천히 아주 천천히 옮겨야 했다. 아무도 없는 길에 대원들이 남긴 발자국 위를 밟으며 걸으니 왠지 또 다른 나를 만나는 느낌이었다.

'가보자. 올라가다 체력의 한계가 느껴지면 그때 내려오자.'

'이 높은 곳에서 혼자 걷는 것도 좋네.'

'무쇠 신발을 가볍게 할 방법 없나?'

혼자서 이런저런 생각을 하며 천천히 발을 옮겼다.

무거운 몸을 잠시 쉬기로 하고 돌무더기 위에 앉았다.

발에 힘이 빠지면 미끄러질 경사였다. 그래도 앞의 높은 경사를 뒤로 하고 철퍼덕 앉아 있을 때였다. 익숙한 말소리가 들렸다.

고개를 위로 드니 우리 대원들이었다. 나를 먼저 알아본 하태웅의 목소리가 반갑게 들렸다.

"누님!"

그리고 임동한, 김태완, 이시엽, 조벽래, 황 대장.

반가웠다.

난 그때 우리 대원들이 정상에 올라갔다가 내려오는 줄 알

fig. 21

후배들이 올라간 곳을 올려다보며 물 한 모금을 마신다. 참 달다.
5천5백미터에서 마시는 물이 목구멍을 타고 넘어갈 때의 시원함은
말할 수 없이 시원하다. 이제 또 걸어야 한다. 힘내서 걸을 준비를 마쳤다.

았다.

C2에 내려가 있어야 할 내가 꾸역꾸역 올라오고 있는 것을 본 조벽래가 화를 냈다.

"이렇게 올라오면 어떡합니까? 사고라도 나면 어쩌려고 올라왔는데요?"

그 소리에 주눅들 내가 아니다.

"그냥 올라가는 데까지 올라가 보려고. 만나서 다행이네."

더는 말이 없다.

선배에게 대놓고 욕을 할 수 없어 속으로 또 한 소리 했을지도 모른다. 그러면서도 뒤에서 내려가는 나와 함께 해주었다. 참 고마운 후배다.

그렇게 1차 정상 등정에 실패한 대원들과 캠프2까지 내려왔다.

그 시간, 혼자 걸었던 시간에 만족한다. 그 속에서 아쉬움을 남겨 놓았다. 그 아쉬움을 남기는 것은 또 다른 원정의 꿈을 지우지 않고 남겨 놓았다고도 할 수 있다.

14 Aconcagua Climbers

CHO BEAKLAE

마중

▲

조벽래

1994년 7월 나는 칸텡그리(카자흐스탄 7,010m) 설벽에 주저앉아 가쁜 숨을 쉬고 있었다.

동기인 황인철과 나.

둘 다 고산 원정이 처음이라 무턱대고 나섰다가 낭패를 보는 중이었다. 고소증은 상상한 것보다 훨씬 심각했고, 예상했던 내 기량은 처참히 무너졌다.

재학생 둘이서 떠난 원정이기에 의지할 곳이 없어 서로가 배웅하고 서로가 마중했다. 어찌 보면 고립무원의 막막함이었고 그로 인해 좌절했다.

원정에서 다른 이들의 든든한 동지가 되어야겠다고 생각한 것도 그 때문이었다.

마중의 의미는
'내가 왔으니 얼마 남지 않았다.'
'금방 도착할 수 있다.'
'짐 좀 들어 줄게.'가 아니다.
마중은 너의 동지가 여기 있다는 확신을 심어주는 작업이다. 그러니 힘이 들어도 견뎌 내라는 응원이자 너한테 무슨 일이 있어도 걱정하지 말라는 보험이다.

마지막 고빗사위를 넘어가려 애쓰는 이의 지원군이고 뒷배이자 나침반이 여기 있음을 알려주는 것이고, 그래서 온전히 한 팀이 되어가는 과정이다. 바람 불고 추운 날씨에도 텐트 안에서 기다리지 않고 굳이 텐트 밖에서 떨며 기다리는 이유가 바로 그것이다.

'험한 산길에 뒷사람 길 잃지 말라.'
쌓아둔 조그만 돌탑들도 내 마음을 미리 마중 보낸 것이다.
그래서 나는 내 동지를 마중하고 기다린다.
재학생들이 베이스캠프로 올라올 날짜가 되자 시선이 자꾸 밑으로 향했다.

하루에도 몇 번을 캠프 입구로 왔다 갔다 한다. 중간 캠프인 콘프란시아에는 도착했는지, 장비가 담긴 카고백이 뮬라에 실려 왔는지, 베이스캠프로 언제 출발하는지.

소식을 알 수 없어 답답하고, 걱정된다. 어련히 알아서 할 것인데도 걱정이 쌓였다. 내 마음이 선배 마음인지 아비의 마음인지 명확히 나눌 수는 없지만, 평소보다 더 신경이 쓰이는 건 어쩔 수 없다.

YB 대장인 조현세가 경험이 있고 기량도 있는 편이라 개인적으로는 든든했지만, 후배이자 아들이라는 사실이 후배들 속에서 조현세를 대하기에 곤혹스러웠다.

함께 지내 보니 재학생들은 사고가 자유로웠다. 딱히 선배들의 눈치를 보는 것 같지도 않고, 어설퍼 보이기는 하지만 그래도 나름 열심이다. 또 잘했다. 그래서 지도한다는 이름으로 어디까지 개입해야 할 지 고민이었다.

도착을 예상했던 날에도 뮬라가 오는 장소에 갔더니 짐들이 안 보였다.

'오늘도 출발하지 않았던 건가?'

'무슨 일이 있나?'

온 신경이 골짜기를 타고 아래로 내려가 있었다. 혹시 몰라 캠프사이트를 찜하러 갔다.

다음 날 아침 에이전시에게 물어보니 자기들도 모르겠다고 기다려 보자고 했다.

불편한 마음으로 털털 걷고 있었다.

"어?"

창고 텐트 안에 낯익은 카코백이 보였다. 어제 왔는데 주인이 없어 창고에 넣어 뒀다고 했다. 몇 번을 물어봤는데 없다고 하더니, 말이 통하지 않아 그럴 거라는 생각이 들었지만 한 대 쥐어박고 싶었다.

'오늘 출발하면 오후 서너 시쯤 올 수도 있겠네.'

설렘 반 걱정 반으로 한나절을 보냈다.

늦은 점심을 먹고 따뜻한 차를 준비해 마중을 나섰다. 다른 사람들도 후배들을 위한 텐트를 설치한다고 분주했다.

'이 모퉁이만 돌아서면 있겠지….'

'이 언덕만 내려가면 보이겠지….'

'이 고개만 올라서면 보이겠지….' 하며 점점 먼 거리를 내려간다. 올라오는 외국인들에게 물었다.

"한국 젊은이 다섯을 보았나?"

누구는 보았다 하고 누구는 보지 못했다 했다. 더 내려가 보면 알겠지.

깔딱고개 위에 서니 시야가 트이고 저 멀리 평평한 너덜지대에 점들이 몇 개 보였다. 어찌 보면 세 개, 또 어찌 보면 일곱 개. 볼 때마다 점의 숫자는 달라지는데 정작 점들은 그 자리를 맴돌고 있었다. 망원경이라도 있으면 좋을 텐데….

"다우악!"

fig. 22

YB 다섯 명이 걸어오고 있다. 반가운 녀석들. '다우악!' 외치는 소리에
고개를 들어 본다. YB들도 외친다. '다우악!'

고함쳐 불러봤지만, 밑에까지 들릴 리 만무했다. 바람을 피해 바위 뒤에 앉았다 섰다를 계속했다. 점들의 움직임은 거의 없었다. 저 사람들이 우리 후배들인지 아닌지 확신이 서지도 않았다.

이때 번뜩이는 생각.

'휴대폰 줌을 이용해 보자.'

30배율 최대치로 끌어올려 점들을 보니 옷의 색은 구분됐다.

'현세의 붉은 재킷 같기도 한데…. 어라, 사람이 세 명이네.'

그렇다면 '우리 팀이 아닌가?' 한참 뒤편에 또 다른 점이 몇 개 보였다.

조금 더 가까워질 때까지 기다려 보기로 했다. 점들이 움직이기는 하는데 워낙 저속이라 그 자리에 멈춰 있는 것 같았다.

'저 팀들이 아니면 이 가파른 사면을 내려가서 어디까지 마중을 가야 하나?'

휴대폰으로 음악을 들으며 고민했다.

'오고 있다면 가서 데려와야겠지. 거기가 어디라도….'

시간이 흘러 점의 윤곽이 점점 뚜렷해졌다. 휴대폰 카메라를 켜고 다시 줌으로 당겼다.

'그래 저기 앞서 걷는 사람이 현세구나.'

얼굴을 알아볼 순 없었지만, 걸음걸이가 조현세였다. 단번에 알아볼 수 있었다. 휴대폰을 놓고 다시 고함쳐 불렀다.

"다우악!"

하지만 반응이 없다. 1킬로가 넘는 이 거리에서 내지르는 고함은 바람 속으로 흩어지고 만다. 바위들 때문에 내가 안 보이나 싶어서 겉옷을 벗고 형광색 재킷이 보이게 섰다.

'이 색깔이면 눈 좋은 젊은 사람들은 알아볼 수도 있지 않을까?'

그러나 못 알아보는 것 같다. 힘이 들어 고개를 푹 숙이고 한 발 한 발 걷는 그들에겐 고개를 들어 벼랑 위에 서 있는 나를 볼 여유조차 없을 수도 있겠다는 생각이 들었다.

'고개를 반쯤 내려가서 바위 위에 서 보자. 그러면 알아보지 않을까?'

험한 돌길을 허겁지겁 내려갔다. 그들도 오고 나도 내려가니 눈으로 사람을 알아볼 수 있을 것이다. 조현세, 문기빈, 여정윤이 뒤로 조금 떨어져 이수지와 이호선이 오고 있었다. 이호선이 힘든 건지 이수지가 힘든 건지 느릿느릿 발걸음을 뗀다.

"다우악!"

고함치고 옷을 흔들고 난리를 쳤다. 내 소리가 들렸는지 걸음을 멈추고 두리번거렸다. 잠시 뒤 나를 봤는지 고함치며 손을 흔들어 댔다.

그들 반응에 나도 모르게 울컥했다. 반백 년을 떨어져 산 이산가족도 아닌데 오랫동안 서로를 그리워한 이들처럼 멀리서 손을 쳐들고 흔들다가 돌길을 곧바로 내려갔다. 심장이 터질 것 같다. 단순히 부족한 산소 때문만은 아니었을 텐데….

고개를 다 내려와 거리가 점점 좁혀지니 표현치 못할 감정이 폭발해 가슴을 채웠다. 빨리 저들을 안아주고 싶어 발걸음은 더 빨라졌다. 후배들의 발걸음도 빨라졌다. 이호선도 힘을 내서 다섯이 함께 내게로 걸어왔다.

'그래, 내 새끼들.'

이수지, 여정윤, 문기빈, 이호선.

한 명, 한 명 안았다. 무슨 말이 필요한가. 조현세는 머쓱한 듯 서 있다. 데면데면 지내 왔으니 갑자기 애틋한 마음을 표현하기 낯 간지러워 서로에게 수고했다는 말과 어깨 한 번 툭 치고 말았다. 잘 견뎌내고 대원들 잘 살피고 있으니 대견했다. 그것으로 충분했다. 다들 자유롭게 먼저 올라가라 말하고 이호선과 느긋이 걸었다.

힘들게 걷는 모습을 보니 온갖 생각이 들었다. 지금이라도 배낭을 들어 줄까 하다가 마음을 접었다. 이 힘듦조차도 그들의 원정이니….

무전기 너머로 한 명 한 명 베이스캠프에 도착했다는 소식이 들렸다. 우리 팀뿐만 아니라 베이스캠프에 있는 모두가 짧은 인삿말로 때로는 눈짓으로 반갑게 맞이한다.

말도 잘 안 통하는 이방인 처지이지만 숨차고 먼지 풀풀 날

fig. 23

기다리고 기다리던 YB들을 만났다. 반갑다. 고생했다 후배들아. 한번 안아보자.

리는 이곳에서 서로를 마중하고 배웅하면서 동화되고 위안받는다.

fig. 24

고소 때문에 힘들어 하는 YB에게 용기를 주며 BC로 향한다. 조금만 더 힘내자.
BC가 바로 저기야.

14 Aconcagua Climbers

CHO HYEONSE

끝나지 않을
꿈을 꾸며…

▲

조현세

원정 일정을 마치고 하산하는 OB 선배님들이 내려가면서 한 마디 했다.

"현세야, 마무리 잘하고 한국에서 보자."

"넵. 걱정하지 마십시오. 정상에 잘 다녀오겠습니다."

YB 원정 대장인 난 씩씩하게 대답하며 환하게 웃었다.

앞서 YB끼리 BC에 무사히 도착했기 때문에 솔직히 자신감이 있었다. 하지만 자신감도 잠깐이었다. 우리끼리 BC에 있으니 불안감이 스멀스멀 올라왔다.

그런 와중에 바람은 줄어들 기미를 보이지 않았고 하산할 날은 점점 다가왔다. 이처럼 정상 공격 날을 날씨 변화에 기대다 보니 불안감은 더욱더 나를 짓눌렀다. '정상을 밟지 못하고 하산하게 되면 어떻게 하지?' 하는 불안감이.

우리와 함께 BC에 있던 다른 외국팀들이 정상으로 떠나는 것을 볼 때는 더욱더 초조했다. 불안한 마음을 달래기 위해 에이전트 사무실에 들어가 가이드들에게 물어봤다.

'정상 상황은 어떤가요?'

'어떻게 해야 정상에 올라갈 수 있나요?'

그들의 답변은 다 비슷했다. 우리가 이미 알고 있는 것들이다. 날씨가 좋아야 하고, 고소가 오지 않도록 체력을 잘 관리해야 하고, 잘 먹어야 한다는 것 등. 정상에 올라갈 수 있는 획기적인 방법은 없었다.

대원들에게 말할 수 있는 건 오직 물 많이 먹고, 밥 많이 먹고, 컨디션 유지하라는 뻔하디 뻔한 말을 할 수밖에 없었다.

침낭에 들어가 눈을 감으면 오만가지 생각 때문에 잠이 오지 않았다.

'왜 YB 원정대를 한번 꾸려 보겠다고 말했을까?'

'내가 아니라 원정 경험이 풍부한 선배님이었다면 상황은 달라지지 않았을까?'

그렇게 하루하루를 보내던 중 옆 에이전트에서 대원 중 한 명이 고소 때문에 죽었다고 했다. 이 소식은 우리의 불안감을

fig. 25
대원들과 함께 오르는 거야. OB선배들도 오른 정상 우리가 못 오를 리 없지.
그래, 우리도 오르는 거야.

공포감으로 바꾸기에 충분했다. 죽음에 대한 공포감이 엄습했다. 그 공포감으로 인해 우리 대원들은 모여서 회의하고 결정했다.

정상 공격 시 가이드를 쓰자고.

그렇게 가이드를 고용하는 과정에서 그들의 한 마디가 뇌 속에서 계속 맴돌았다.

'최대한 너희 팀 전원을 정상으로 올리려고 노력할 것이다. 하지만 상황에 따라 몇 명은 내려갈 수 있고, 그 판단은 전적으로 가이드가 한다.'

이렇게 우리 원정대의 대장이 가이드로 바뀌었다. 원정 대장인 나도, 대원들도 가이드만 바라봐야 하는 상황이 왠지 씁쓸했다. 그러면서 혼자 생각에 빠졌다.

'내가 저 가이드처럼 혹은 OB 선배님처럼 실력이 있었다면 우리끼리 도전을 했을까?'

'내가 좀 더 노력했다면, 조금 더 대원들을 챙겼다면 상황이 달라졌을까?'

그 와중에 계속되는 안 좋은 날씨와 생각들이 나를 괴롭혔고, 깊은 수렁의 늪에 빠져들었다. 그런 수렁의 늪에서 빠져나올 수 있도록 도움을 준 것은 다름 아닌 대원들이었다.

혼자 생각에 빠져 아콩카과 서벽을 바라보며 시간을 보내고 있을 때 대원 한 명 한 명이 다가와 말을 걸었다. 서로 실없는 소리를 하고, 장난도 치고, 그 안에서 걱정 없이 웃고 있는 나를 발견했다. 이렇게 서로를 이해하고 보듬으면서 우리는 더 끈끈해졌고 어떤 어려움도 헤쳐 나갈 힘을 얻을 수 있었다. 나 또한 대원들이 있었기에 든든했다. 정상을 밟을 수 있을 거라는 믿음도 생겼다.

우여곡절 끝에 문기빈, 이호선과 함께 정상에 올랐고, 여정윤과 이수지는 아쉽게도 고소와 체력 저하로 중도 하산을 했다. 대원들 모두 정상을 밟은 것은 아니지만 최선을 다했기에 후회 없이 귀국할 수 있었다.

주변에서는 성공적으로 원정을 마쳤다고 축하해 주었다. 하지만 내 가슴에 아쉬움이 남는 건 왜일까? 서툴렀던 원정 준비와 처음 경험하는 원정에 대한 두려움을 극복하지 못한 것이 그 이유일 수도 있다. 하지만 이 아쉬움을 해소하기 위해 또다시 꿈을 꿀 것이다.

우리는 계속 나아갈 것이다.

여정은 아직 끝맺지 않았고 높은 산을 오르고자 하는 꿈은 계속될 것이다. 우리가 이루고자 하는 꿈 뒤에 앞선 선배님들이 걸어왔던 수많은 경험이 밤하늘의 별이 되어 밝혀줄 것이라 믿는다.

fig. 26

날씨가 좋아지길 바라며 베이스캠프에서 대원들과
게임을 하며 마음을 다지고 있다. 우리는 함께여서 좋다.

14 Aconcagua Climbers

MUN GIBIN

정상 공격,
한계의 문턱에서

▲

문기빈

시야가 점점 흐려졌다. 호흡은 가빠진 지 오래다. 네 번의 들숨 날숨 후 겨우 한 걸음을 내디뎠다. 너무 힘들어 스틱에 기대어 잠시 휴식을 취해본다.

"정신 차려!"

"여기서 눈 감고 쉬면 안 돼! 움직여야 해!"

뒤에서 조현세 대장과 이호선의 외침이 날아왔다. 누구나 한번쯤 산악영화에서 들어봤을 법한 대사, 그 말을 듣는 주인공이 내가 될 줄은 몰랐다. 손을 이용한 기술적 등반이 필요하지 않고 두 다리로만 올라갈 수 있는, 누군가는 쉽게 볼 수 있는 이곳, 아콩카과에서의 정상 공격 일을 되새겨 본다.

왼쪽 하늘에서 해가 떠올랐다. 각자 팀들은 옹기종기 모여 공통된 목표를 향하여 천천히 움직였다. 우리 팀 또한 가이드의 리드에 맞춰 운행을 이어나갔다. 아무리 천천히 움직여도 6,000m 이상을 올라오니 이전 산행보다 확실히 호흡이 힘들었다. 하지만 우모 상하의, 스키 고글, 이·삼중화, 벙어리장갑, 그리고 양손과 가슴팍의 핫팩. 중무장한 우리는 무서울 게 없었다. 영화와 유튜브로만 보던 걸 우리가 직접 하고 있다니, 가끔 금쪽이 같은 행동을 취하던 동생들도 중무장하고 보니 제법 멋있어 보였다.

첫 번째 휴식 장소에 도착했다. 쉬면서 브이로그식의 영상을 찍고 농담도 하며 우리의 텐션이 다운되지 않도록 했다. 화기애애한 분위기였지만 마냥 즐겁지만은 않았다. 여기에 와서도 별다른 고소 증상이 나에게는 나타나지 않았고 이는 마치 양날의 검을 손에 쥐고 있는 기분이었다. 이제껏 내가 대원들을 더 챙겨줄 수 있어서 도움이 되고 좋았지만 언제 터질지 모르는 폭탄을 끌어안은 듯 걱정되었다. 정상을 가기 전까지 안 터지고 버텨주면 좋겠다는 희망을 품으며 계속 발을 움직였다.

두 번째 휴식 장소로 이동하던 중 여정윤의 페이스가 많이 쳐져 가이드와 잠깐 휴식을 취했다. 다가가 헬멧을 맞대고 이야기했다.

"정윤아, 먼저 가고 있을게. 형 기다리게 하지 마래이."

지금 내가 여정윤에게 응원 말고는 아무런 도움을 줄 수 없다는 사실에 가슴이 아렸다. 눈시울이 붉어졌지만 검정색 고글로 잘 보이진 않았을 것이다. 그렇게 우리는 점점 멀어졌고 무전으로 여정윤과 존의 하산을 전해 들었다. 눈물을 훔치며 고글을 진한 걸로 사길 잘했다고 생각했다.

설악산의 귀때기청봉을 아는가? 바람이 귀때기를 너무 많이 때려 그렇게 불린다는 속설이 있다. 6,500m 고지를 향해서 가는 길목인 끝없이 기다란 트래버스 구간은 남미판 귀때기청봉이었다.

밑에서 위로 불어오는 바람은 얼마나 강한지 왼손으로 스틱을 이용하여 균형을 잡고 오른손으로 너무 시린 뺨을 가리고 휘청거리며 걸었다. 가벼운 이수지는 몸이 날아갈 수도 있었을 터인데 잘 걸어가는 듯 보였다.

손가락 바위에서 잠깐 쉬고 죽음의 업힐 구간을 만났다. 100m의 고도만 올리면 된다고 쉽게 생각하면 오산이다. 주먹, 허벅지, 몸통만 한 다양한 크기의 돌들로 이루어진 너덜지대는 위로 스텝을 밟기만 하면 돌들이 무너져 내려 거의 제자리로 돌아왔다. 체력과 더불어 정신력을 시험 받는 느낌이었다. 대원들과 가이드 눈치를 보다가 도저히 이러다 죽겠다 싶어 겨우 입을 열었다.

"We're so tired. Can we take a break?"

"NO."

가이드 파쿠는 단칼에 거절했다. 머리로는 우리를 정상에 올리기 위함임을 알고 있었지만, 몸이 받아들이기를 힘들어 했다. 우리가 너무 힘들어 하자, 파쿠는 끝내 한 번 쉬게 해주었다. 여기부터 또 다른 시련이 찾아왔다. 내 몸의 안쪽으로부터 반갑지 않은 신호가 느껴졌다. 누가 계속 밖으로 나가고 싶다고 노크했다. 탁 트인 경사면이라 어디에서 바지를 내리고 앉아도 주변의 모두가 볼 수 있었다. 나는 존엄과 본능 사이에서 갈등하고 후회했다.

'아오, 대장이랑 호선이가 지사제 먹을 때 같이 먹을걸.'

내 앞의 이수지는 평소대로 가고 있는 것 같지만 답답하다. 부담을 느낄까 빨리 가라고는 차마 말 못하고 애먼 화이팅을 외쳤다. 이 당시 외쳤던 응원은 힘들어 하는 이수지를 위해서이기도 했지만 나를 위함이 매우 컸다. 나중에 멘도사에 돌아와서 들은 이야기인데 이수지가 이때 힘들어 울고 싶었다고 했는데 내가 '그냥 차라리 울어라. 그게 후련할 거다.'라고 해서 서러웠다고 한다. 사실 나는 이 장면이 기억나지 않는다. 진짜 울고 싶은 건 이수지가 아니라 나였을지도 모른다.

동굴 포인트에 도착함과 동시에 배가 아프던 나는 배낭을 던

fig. 27
강풍이 휘몰아치는 정상 밑 횡단구간에서 하산하는 여정윤을 바라보며…

져놓고 후다닥 움직여서 독수리를 잡았다(이 표현은 하태웅 선배님께 배웠다). 내 인생에서 가장 높은 곳에서 엉덩이를 까 보였다. 이보다 더 높은 곳에서 엉덩이를 깔 일이 있을까 싶다. 불청객을 쫓아 보내고 홀가분한 몸으로 합류하니 잘 버텨오던 이수지의 컨디션이 별로 좋지 않았다. 그렇게 이수지는 다른 가이드와 사람들을 따라 내려갔다. 두 번째로 팀원이 내려갔지만, 나는 올라가는 것 말고는 할 수 있는 것이 없었다.

6,500m부터는 낙석 지대여서 헬멧을 착용하고 운행했다. 여기서부터 언제 터질 줄 몰랐던 시한폭탄이 도화선에 불을 붙였다. 발걸음을 옮기는 것이 모래주머니를 착용한 것처럼 너무 힘들었다. 발걸음 한 번에 숨 한 번이 되지 않았고 잠이 오는 것과는 다른 느낌으로 눈이 감겨왔다. 마치 몸이 강제로 셧다운하려는 것 같이 느껴졌다.

'아, 올 것이 왔구나. 이런 느낌이구나.'

이제까지 고소 증상을 느끼면서 올라온 동생들의 마음을 조금이나마 이해할 수 있었다. 특히 BC로 올라갈 때부터 정말 힘들어했고 꾸준히 이 곤욕을 치르고 있는 이호선이 대단하다는 생각이 들었다.

한참 정신을 못 차리고 있을 무렵 파쿠가 특효약이 있다고 가슴 안주머니를 뒤적거리더니 무언가를 꺼냈다. 정체는 생마늘이었다. 민간요법으로 고소증에 효과가 있다고 들은 적이 있어 조금이라도 호전되고 싶어 입으로 직행시켰다. 화한 맛에 눈앞이 뚜렷해지고 정신이 좀 돌아오는 것 같았다. 하지만 그것도 잠시 점점 위장이 쓰려왔다. 독한 술을 마셨을 때처럼 마늘이 내 식도의 어느 위치에 있는지 알 수 있었다. 태어나서 먹은 마늘 중 제일 독했다. 파쿠는 평소에 먹어서 괜찮은가 했는데 그도 침을 질질 흘렸다. 나와 이호선도 마찬가지로 침을 연거푸 내뱉으며 마늘의 여운을 떨쳐냈다. 마늘 버프도 길게 가지 못했고 나는 여전히 힘들었다.

"형, 아이젠 빨리 차고 싶다면서요. 계속 가요! 이제까지 잘해오다가 왜 그래요. 형!!"

"문기빈, 파이팅!"

이호선의 애교 섞인 응원과 조현세 대장의 단호한 격려에 힘입어 한 걸음씩 내디뎠다. 올라가면서 갖가지 생각을 했다.

'제한된 산소로 운동하는 수영을 더 해야 했었나….'

'인터벌을 더 뛰었어야 했나….'

'따뜻한 물을 덜 마셨나….'

'밥을 한 숟가락 더 먹었어야 했나….'

훈련 부족과 컨디션 관리 미흡에 대한 반성이 머릿속을 괴롭혔다. 그렇지만 한국에서부터 조벽래 선배님께 누누이 들었던 말을 떠올리며 이런 생각들은 그만하기로 마음먹었다. 고산 등반은 시험 치는 것과 같다고, 산 밑에서부터 모든 행동이 1점씩 모여 총점수로 합격 여부가 결정된다고.

정상을 향해 가고 있는 지금은 시험장에 도착해서 문제를 풀고 있는 상황과 같았다. 시험장에 와서 공부를 더 열심히 할걸 후회하기보다 앞에 닥친 문제에 집중하는 게 더 현명한 선택이니 운행에 온 신경을 집중했다.

크램폰을 착용하는 구간이 나오고 전력을 다해 올라갔다. 휘청거리기도 했지만, 끝까지 걸었다. 영상을 찍겠다며 먼저 올라갔던 이호선의 목소리가 들리기 시작했다. 마지막 큰 바위 너덜지대를 두 손과 두 발을 이용해 올라갈 때 이호선이 카메라로 나를 찍으며 환영해 주었다.

"헉! 헉! 허헉!"

카메라를 보면서 한 마디도 할 수 없었다. 달리기나 수영을 빨리해서 숨이 차는 것과는 다르게 진짜 숨이 턱 막히는 기분이 들었다. 정상에 드러누워서 가쁘게 숨을 쉬었다. 한 발자국만 더 걸으면 구토가 나올 것 같았다. 숨을 고르고 나니 풍경이 눈에 들어오기 시작했다. 정말 아름다웠지만 임동한 선배님 말처럼 빨리 내려가고 싶었다. 단체 사진을 찍고 지인들에게 영상 편지를 남긴 후 파쿠가 건네준 콜라를 마셨다. 등정 시 우리에게 꼭 주고 싶었던 선물이었다고 한다. 비록 추위에 얼어서 거품만 나오는 콜라였지만 그 맛을 잊을 수가 없다.

이렇게 아름답게 마무리 되었으면 좋겠지만 하산은 더더욱

순탄하지 않았다. 다리는 힘이 풀리기가 일쑤였고 가이드에게 거의 붙잡혀 내려왔다. 고도를 낮추어도 상태가 호전되지 않아 결국 비상용으로 챙겨온 산소마스크를 착용했다. 올라갈 때는 내려올 힘을 비축해 놔야 한다는 등산의 가장 기본적인 원칙을 지키지 않았던 나 자신이 부끄러웠다. 조현세 대장과 이호선과 어떻게든 굴러 우여곡절 끝에 내려왔다. 엉망진창이 된 우리를 끝까지 챙겨준 파쿠에게 너무 감사하고 또 미안했다. 나와 동갑이라는 것이 믿기지 않을 만큼 듬직했다.

C3에 도착하니 여정윤과 이수지가 우리를 반겨주었다. 산소마스크를 하고 터덜터덜 걸어오는 내 모습에 적잖은 충격을 받은 듯했다.

"형, 10년은 늙어 보여요."

머리에 털 나고 처음 들어보는 소리였다.

힘들 거라는 건 짐작했지만 이 정도일 줄은 몰랐다. 역시 경험해 보기 전까진 누구도 모르는 게 맞다.

나에게 아콩카과는 끝까지 반성과 자아 성찰의 연속이었다. 이제까지의 국내·외 활동에서 느꼈던 감정들과는 결이 달랐다. 많이 힘들었고 그만큼 많이 배울 수 있어 행복한 나날이었다.

정말로 우리는 잘난 놈이 한 놈도 없다는 선배님의 말은 정확했다. 뛰어나지 않은 사람들이 모여서 성공하는 방법은 팀워크뿐이다. 우린 모두 속된 말로 금쪽이었다. 하지만 그중 한

fig. 28

야호, 올랐다. 밟았다. 아콩카과 정상이다. 우리는 함께여서 좋다.

명이라도 없었다면 결과는 많이 달랐을 것이다. 조현세 대장, 이호선, 여정윤, 이수지 모두가 있었고, 운도 좋았기에 정상에 오를 수 있었다.

이 정도 한계의 문턱에 내가 다시 설까 싶다. 하지만 인간이 참 멍청한 게 미화가 된다. 그립다. 정신 차려 보면 또 다른 문 턱일지도.

14 Aconcagua Climbers

LEE HOSUN

정상까지의 스토리

산보다는 사람이 좋은 산쟁이

▲

이호선

이번 원정을 가면서 확실히 느낀 게 있다. '아! 나는 산을 좋아하지 않는구나.' 하는 것이다.

페니텐테스에서 고소적응을 하는데 2,600m에서부터 내 몸은 적응하지 못하고 힘들어했다. 다들 고소는 빨리 오면 좋으니 괜찮다고 했지만, 스스로 한국에서 했던 훈련을 되짚어 보면 훈련이 부족했던 건 아닐까 하는 생각이 들었다. 호로코네즈를 지나 콘프렌시아에서 남벽을 가는 날 반밖에 못 가고 퍼진 내 모습을 보며 왜 이럴까 자책도 하고, 베이스로 올라가는 날 젤 마지막에서 대원들의 페이스를 따라가지 못하고 지쳐 있

fig. 29
잠시 휴식을 취하는 시간, 생각이 많아졌다.
산이 날 싫어하나? 왜 이리 힘들까? 고소인가??

는 내 모습을 보니 정말 힘들었다. 산이 날 싫어하나? 왜 이렇게 힘들지? 이게 고소인가? 많은 의문과 고민이 내 발목을 잡았다.

하지만 나를 다음 단계로 이끈 건 멋진 풍경도 광활한 자연도 아닌 '사람'이었다. 페니텐테스에서 대원들과 함께 적응 훈련을 했기에 끝까지 갈 수 있었고, 베이스를 갈 때 선배님들이 우리를 기다린다는 마음 하나로 나는 멈추지 않고 도착할 수 있었다. 나는 산을 좋아하는 게 아니라 산에서 나를 기다리고 반겨주는 사람이 좋아서 산에 가는 것이었다.

우리 팀도 마찬가지다. 본인이 고산 적응이 우리보다 잘 됐다는 이유 하나만으로 항상 우리보다 많은 짐을 진 조현세 대장님, 대원들이 꺼리는 일을 솔선수범하고 나서는 문기빈 형, 적막한 분위기를 깨주는 이수지, 우리가 굶지 않도록 식량을 챙겨주는 여정윤, 모두가 있었기에 이 원정을 무사히 마칠 수 있었다. 그때를 생각하나 지금 생각하나 누구 하나 없었더라면 힘들었을 것이다.

지금에서야 모든 일정이 끝나고 정상도 갔다 오니 마음이 후련하고 편하지만, 사실 원정 당시에는 우리 팀이 베이스에 상당한 시간 동안 머물며 우스갯소리로 우리는 베이스캠프의 고인물이었다. 모 선배님께서 "너네는 딱 베이스캠프까지 훈련하네."라고 진심 반 장난 반의 자극을 주셨는데 '정말 그러면 어떻게 하지.'라는 불안감이 엄습했다.

날씨가 좋지 않아 무한정 시간을 흘려보내니 마음이 조급해졌다. 등정하고 내려오는 사람들이 몇몇 보이고 우리보다 늦게 온 사람들도 등정을 마치고 환한 미소로 인사하는 사람들이 한편으로는 부러우면서도 한편으로는 씁쓸했다. 그래도 좋게 생각하면 맛있는 라면과 회복식을 먹으면서 에너지를 열심히 비축해 두고 고소적응도 하며 다음을 기약할 수 있기에 긍정적으로 생각하려 노력했다.

쉬는 동안 정신없이 흘러간 날을 대신하며 베이스캠프도 둘러보고 잉카 직원들, 현지 직원들과 대화도 나누고, 대원들과 깊은 이야기도 하고, 산 이외의 것들을 둘러볼 수 있는 시간이어서 좋았던 것 같다.

본격적인 등반은 1월 8일. 우리는 캠프2로 올라갔다. 1월 9일, 캠프2에서 휴식하며 동향을 살피던 중 우리와 친분이 있던 친구가 정상 공격을 포기하여 하산한다는 이야기에 걱정이 되었다.

'저 친구도 내려가는데 우리는 잘할 수 있을까? 날짜를 안 바꿔도 될까?'

이런저런 걱정은 많았지만, 우리에게 후퇴라는 선택지는 존재하지 않았다. 바람은 70~80km/h를 웃돌며 기존 날씨가 좋았던 날과 비교하면 썩 좋은 날씨는 아니었지만, 우리의 입

fig. 30

힘들수록 우리는 하나가 된다. 먹고 힘내자. 서로를 위로하고 서로를 보듬어 주는 우리는 함께하는 대원이다.

fig. 31
어둠도 우리를 막을 수 없다. 우린 오직 정상을 향해 걸을 뿐이다.

산 퍼밋(permit) 기한은 14일까지인지라 11~12일에 반드시 정상 공격을 시도해야만 했다.

10일, 우리는 처음으로 캠프3으로 올라갔고, 텐트 1동과 선배님께서 두고 가신 텐트 1동으로 1박 2일을 지낸다. 허걱! 그러나 캠프3으로 올라가니 선배님께서 두고 가신 텐트 1동이 박살 나 있었다. 거센 바람을 견디지 못하고 폴대들이 부서져 있어 텐트의 형상보다는 주황색 천막이었다.

어쩔 수 없이 쉘터에서 바람을 피하고 텐트 1동으로 우여곡절 끝에 하루를 버티고 다음 날 4시에 기상해 정상 갈 준비를 했다. 나는 컨디션이 안 좋은 건지 고소가 온 건지 잠이 너무 많이 와 조금이라도 잠을 청했다. 날은 춥고 바람 소리는 크고 정말 끔찍한 새벽이었다. 조현세 대장이 항상 캠프2에 가면 재미난 이야기 하나, 캠프3으로 가면 더 재미난 이야기 하나를 풀어주며 조그만 동기를 하나, 둘 마음속에 불어넣어 주었다. 캠프3에서 조현세 대장의 스토리를 들으며 잠을 잔 것도 잘 지낸 것도 아닌 하루를 버티고 정상으로 출발했다.

선배님이 '항상 어제부터 준비해라', '미리 해라'를 강조하셨는데 그걸 실천하지 못해 아침밥을 제대로 챙겨 먹지 못하고 출발했다. 출발 직전 주변에 있는 과자, 초콜릿, 누룽지를 보이는 대로 주워 먹고 고소를 대비해 게보린, 비아그라, 타이레놀을 먹었고 10시간 넘는 산행을 하다가 화장실에 가지 않기 위해 지사제를 먹고 출발했다.

빈속에 약을 먹으니, 속도 메스껍고 불편한 출발이었다. 그래도 여기까지 온 게 아까워서, 선배님들의 말이 생각나서 이 악물고 올라갔다. 시작도 하기 전에 토할 것 같이 속에서부터 메스꺼운 느낌이 들었다.

얼마나 올라갔을까? 여정윤의 페이스가 늦어졌다. 가이드는 페이스가 가장 느린 대원을 맨 앞에 세웠고 점점 더 늦어지니 결국 하산을 말했다. 모두가 작은 충격을 받은 것 같았다. 여정윤과 같이 훈련했던 기간들이 머릿속을 스쳐 가고 더 혹독하게 해야 했었나 후회되고 마음이 무거웠다. 그래도 우리는 사전에 가이드가 내려가자고 하면 무조건 내려가야 한다고 했기에 어쩔 수 없었다. 여정윤에게 "내려가서 보자."라는 말을 남기고 한참을 쳐다본 뒤 우리는 정상으로 발걸음을 옮겼다.

계속 올라가다 보니 올라서면 정상이 보이는 급경사 코스가 보였다. 급경사 위에는 많은 사람이 줄지어 눈길을 걸으려고 기다리고 있었고, 우리는 그 사람들을 피해 가려다 하산길로 올라가게 되었다. 하산길로 가게 되니 두 걸음 올라가면 한 걸음 미끄러지는 것을 반복하며 올랐다. 거기서 체력이 조금 많이 빠진 것 같다. 올라가다 가이드가 이수지에게 제일 앞으로 오라고 했다. 아마도 여정윤과 비슷한 상황에 놓인 것 같았다. 그래도 잘 따라가고 있었기에 괜찮을 줄 알았지만, 정상이 보이는 큰 벽 앞에서 이수지는 하산했다. 큰 벽에서 휴식을 취하고 3시간 더 올라가면 정상이 있다고 했는데 대부분 사람이 큰 벽에서 하산했다. 어쩔 수 없이 다른 팀과 함께 이수지는 하산하고 우리는 마지막 마의 구간을 올랐다.

점점 정상에 갔다가 하산하는 사람들이 보였고, 우리는 그 사람들이 내려오는 방향으로 올라갔다. 아주 느린 걸음으로 한 시간을 걸었을 때쯤 아이젠을 차는 구간이 보였고 아이젠을 차고 정말 마지막 두 시간만 꾹 참자는 생각으로 올랐다.

"이때 아니면 언제 다시 올라오겠어? 정말 여기서 포기하면 아깝잖아!"

혼잣말하며 꾸준히 발걸음을 옮겼다. 아이젠을 신고부터 문기빈 형의 상태가 좋지 않았다. 정상 공격 전까지 한 번도 고소 증상이 나타나지 않고 꿋꿋하게 버티던 형이었지만 마지막 2시간에 고소가 왔다. 가장 힘이 넘치던 형이 맨 앞으로 불려 가게 되었고 나는 정말 정상이 눈앞에 보이니 어떻게든 같이 가고 싶은 마음에 형에게 "기빈이 형, 이런 식으로 해서 정상 가겠어요? 아이젠 신어보고 싶다면서 아이젠 신고 왜 이래요! 선배님이 주고 가신 태극기 사진 찍으러 가야죠!" 욕도 하고 밀어주며 파이팅을 외쳤다. 그러다 보니 정말 정상이 눈앞에 있었고 마지막으로 가던 조현세 대장이 나보고 "호선아, 먼저 올라가서 영상 찍어줘."하는 말을 듣고 페이스를 올려 정상에

가 뒤따라오는 가이드와 문기빈 형, 조현세 대장을 영상에 담았다.

주위를 둘러보니 내가 제일 높은 곳에 있었다. 내 시야를 가로막는 능선도 없고 구름과 새하얀 설산들이 내 발아래에 있었다. 이 기분은 말로 설명할 수 없는 감격이었다. 풍경에 빠져 헤엄치고 싶은 것도 잠시 시간이 우리를 허락해 주지 않았다. 산 정상에 올라가니 바람을 막아주던 능선이 사라지고 두꺼운 패딩을 뚫고 들어온 바람에 온몸이 시렸다. 우리는 빠르게 하산해야만 했고 단체 사진과 짤막한 영상을 남기고 우리는 곧바로 하산했다.

나도 정상을 가보기 전 오르는 과정에서 많은 깨달음을 얻을 수 있을 것 같았고, 인생을 되돌아볼 수 있을 줄 알았다. 하지만 내가 느낀 거라곤 매 순간 다음 캠프로 가기 위해 끙끙대고 있는 나 자신, 인생에서 가장 많이 한 혼잣말, 온갖 욕으로 나를 밀고 끌고 있는 나를 볼 수 있었다. 결국 내가 올라갈 수 있었던 건 같이 간 대원들, 우릴 믿어주신 가족과 선배님들, 다우악 선배이자 아버지이신 이재규의 아들이라는 마음, 마지막으로는 정상을 못 갔으면 나를 놀리셨을 선배님들이 있었기에 정상을 밟을 수 있었다.

이게 나의, 우리의 정상까지의 스토리이다.

직접 겪어보지 않은 누구는 쉽게 말할 수도 있지만, 이곳은 복잡한 과정들이 얽히고설킨 결코 만만한 곳이 아니다. 비단 산에서 이야기는 정상 가는 것만이 이야기가 아니다. 그걸 한국에서부터 준비하는 과정, 해외로 출발하는 과정, 베이스에서의 생활 등 무수한 과정이 합쳐져야지만 등정을 이룰 수 있다. 정말 정상에 오르는 마지막 날은 그저 체력이 제일 힘든 날일 뿐 여러 개의 과정을 이루는 하루일 뿐이다. 이곳에서 생활하며 대원들과의 팀워크, 베이스에 있는 직원들과의 관계, 맛있는 음식을 함께 만들어 먹는 등 모든 것들이 하모니를 이루어야지만 등정이라는 하나의 나무가 된다.

14 Aconcagua Climbers

YEO JEONGYUN

메모장 속의
나

▲

여정윤

　뜨거운 수통을 침낭 안 발밑에 구겨 넣고는 침낭 속 편안한 포지션을 잡으려고 몸을 이리저리 부스럭대다 어느 정도 자리를 잡고 나면 깜깜한 어둠 속에서 휴대폰을 꺼내 메모장을 켰다. 휴대폰 액정의 빛 때문에 주위가 새까만 어둠으로 깊어진다. 오로지 휴대폰 화면에 집중하며 그날 있었던 일과 내 감정을 쏟아내고 나면 하루는 끝이 난다. 다시 메모장을 열어볼 때면 내가 써 내려갔던 그때의 장면들이 머릿속 한편에 펼쳐진다.

"정윤아, 가자."

OB 팀이 정상 공격을 마치고 우리가 있던 캠프2로 돌아온 다음 날, YB·OB 팀은 아침 일찍 캠프2에서 베이스캠프로 돌아가기로 했다. 캠프2에 있는 이틀 내내 상태가 계속 좋지 않았던 나는 밤사이에도 상태가 좋아지지 않아 조벽래 선배가 나를 데리고 먼저 하산했다. 눈물 흘리면서 오르고 멈추기를 반복했던 길은 내려가는 건 한순간이었다. 정신을 차리라고 하듯 조벽래 선배는 나에게 많은 이야기를 쏟았다. 귀는 선배에게, 다리는 내 발뒤꿈치에 의지해 쭉쭉 밀려 내려가고, 머리는 얼마 지나지 않은 추억 회상하기 바빴다. 한참을 말하며 앞서가던 조벽래 선배가 멈춰서서 나를 쳐다보며 말했다.

"이제 멀쩡해졌지?"

"네?"

시선을 선배 발에 꽂으면서 가던 나는 벙쪘다. 진통제를 욱여넣어도 괜찮아지지 않던 두통과 울렁대던 속이 어느새 괜찮아져 있었다. 고소증으로 맛이 갔을 때 고도를 낮추면 괜찮다던 선배의 말이 마법같이 느껴지던 순간이었다. 괜찮아졌다는 걸 느꼈을 때부터인가 억울하다는 생각이 내 머리를 휘감았다. 밤새 잠을 설치고 약과 물을 욱여넣었던 순간들이 머릿속을 스쳤다. 괜찮아지려 욱여넣었던 물과 약은 노력만큼 마법 같은 효과를 불러오지 않는다.

fig. 32

캠프2에서 내려오는 길이 너무 힘들다. 고소를 맛보고 하산하는 길도 힘들다.
그래도 고소가 사라져 좋다. 쉬고 다시 가자.

제일 고통스럽던 밤이 지나고 하산할 때면 아팠던 게 꾀병이었던 것처럼 거짓말같이 멀쩡해졌다. 기쁘면서도 아리다. 이런 기분을 캠프2 적응 후 하산하던 날, 정상 공격 중 하산하던 날 딱 두 번 경험했다. 하산한다는 건 오늘 일정이 끝났다는 의미이기도 하다. 고산증이 심했던 날은 하산할 때 해냈다는 기쁨이 꿈같이 밀려오지 않는다. 항상 찜찜한 기분이 들었다. 억울했다.

'고소증세만 아니면 더 잘할 수 있었을 텐데….'

고소증세를 느껴본 적이 있는가?

2,000m를 넘기면 겪게 된다는 고소증세가 내 발목을 붙잡으리라고는 크게 걱정한 적이 없다. 국내에서 한 하이폭시 훈련과 여름에 다녀온 일본 북알프스로 이미 경험한 바 있는 줄 알고 스스로 착각했다. 베이스캠프부터 캠프마다 각자 다른 고소 친구들이 나를 반겼다. 베이스캠프 이후 하이캠프 친구들은 어찌나 인사성이 좋던지 캠프에 도착하기 한참 전부터 나를 맞이했다. 적응을 위해 오르던 캠프2는 저 멀리 황태웅 선배, 조벽래 선배가 맞이하기도 전에 고소 친구가 찾아오는 덕분에 반가워서 눈물을 흘리면서 올랐다.

형용할 수 없는 이 고통은 과음한 다음 날 숙취와 가장 비슷하다고 할 수 있다.

평소 숙취가 강한 편이라 자주 느끼기에 나만의 숙취를 이겨내는 나름의 루틴이 있었다. '잠'과 '물'이었다. 숙취가 강한 날이면 하루 반 이상을 자고 일어나면 그만이었다. 간간이 깨어날 때마다 물을 잔뜩 마시고는 다시 잠으로 이겨내면 된다. 하지만 이겨내는 법은 숙취와 고소증세는 비슷하면서도 다른 점이 많았다.

고소증세로 끙끙 앓던 나는, 잠으로 머리가 터질 듯한 두통으로부터 벗어나고 싶었으나 잠에 들면 고소증세가 더 심해진다는 이유로 조현세 대장이 밤새 내 옆에서 몇 시간 간격으로 나를 깨웠다.

"정윤아, 일어나."

"하…."

나는 대답조차 할 기운이 없어 잠에서 깼다는 것을 알려주려 눈도 제대로 못 뜬 채 고개만 끄덕이다 깊은 한숨만 내뱉었다.

조현세 대장이 옆에서 나를 흔들어 깨울 때마다 참 복잡 미묘한 감정이 든다. 자신의 잠을 포기하고는 나를 살리겠다는 것을 알고 있으니 고마웠으나, 동시에 그만 깨우라고 짜증 내고 싶었다. 아프니 예민해지는 건 선후배 가릴 것 없이 밀려온다. 몸은 모든 장기가 파업이라도 한 듯 모든 게 귀찮다. 상태가 안 좋은 나를 보고는 여기저기서 물 한 잔을 다 비워내기 무섭게 따뜻한 물을 내 시에라컵에 부어준다. 눈 녹인 물이라 맛이 없다. 맛이 없어 이것저것 차를 우려먹고 커피를 타 마셔도

fig. 33

정윤아, 마셔라. 물을 계속 마셔. 아, 그만 마시고 싶은데 선배는 계속 마시라고 한다.
물고문이 따로 없다. 이게 바로 물고문이다.

버거웠다. 물고문이 따로 없다. '그만 마시고 싶은데…. 그만!' 속으로 몇 번이고 그만하라고 외쳤지만 목소리를 밖으로 낼 수 없다. 그냥 포기하고 홀짝대며 마시는 척만 할 뿐이었다.

'먹기 싫은 물을 그렇게 많이 마셨는데도 왜 조금도 나아지지 않는 거냐.'

벗어나려고 발버둥 치지만 나를 놓아주지 않는다. 고도를 벗어나야만 나를 놓아준다. 몸이 약해질수록 마음도 약해지니 아쉬움과 부족함만 보였다.

멘도자 호텔까지 내려오고 나서는 오랜만에 만난 깨끗한 물과 문명들이 반가워서 금방 잊었다. 이제야 후련한 마음이 들었다. 하지만 다녀온 지 몇 개월이 흐른 지금에서야 드문드문 설레고 벅찼던 마음보다 아쉬웠던 그 기억들이 떠올랐다. 그런 쪼잔한 기억들이 먼저 떠올려지는 내가 이상했다. 하지만 자책과 후회만 기억하기에는 너무 값진 경험이었다.

'내 인생에서 또 이렇게 부지런한 순간이 있었던가?'

나는 나름 열심히 고소와 싸웠으니, 구차하지만 훈련 부족이라는 게으름의 흔적보다는 스스로 위안할 수 있는 정상을 가지 못한 루저의 핑계가 하나 생겨 고맙기도 하다. 그렇게 말로만 듣던 고산을 몸소 제대로 경험하고 왔으니, 최종 목적은 실패했어도 '나, 고산 다녀와 봤어.'라고 할 수 있는 내 첫 해외 원정은 성공하지 않았나 싶다. 나는 살아가면서 꺼내 볼 자신감을 찾으러 갔건만 후회와 자책에만 빠져 이런 값진 경험을 바보같이 잊고 지내고 있었다. 부족함은 있었지만, 인생에서 가장 부지런하게 해냈고, 용기 있었던 순간이지 않았는가.

부족함을 알았기에 채우는 방법도 알아가지 않을까. 하이캠프로의 발걸음이 한 걸음 한 걸음 용기였고, 호흡과 발걸음이 흐트러지지 않았으면 하는 마음 하나로 몇 시간을 버티며 올랐던 나를 조금 더 기억하고 감사하며 살리라.

fig. 34

정상을 뒤로 하고 캠프3으로 하산하는 내 마음은 구멍난 우모복 바지와 같다.

하지만 괜찮다. 또 기회가 있으니까. 다시 오르면 되니까

14 Aconcagua Climbers

LEE SOOJI

루저(Loser)의
마음가짐

▲

이수지

누구에게나 꺼내어 보고 싶은 기억들이 있다.

먼지가 쌓일 즈음 이 기억을 꺼내 조심스레 펼쳐본다. 두려운 걸까 부끄러운 걸까 아직은 웃으며 이야기할 수 있는 기억이 되지 못했나 보다. 끝맺지 못한 감정과 이야기들이 아직도 내 주변을 맴돌며 완결을 종용하고 있다.

"이봐, 해봤어?"

사업성 여부로 실행을 망설이는 부하 직원들에게 일침을 가한 (고) 정주영 현대 회장의 명언이자 어록 중의 하나이다.

'뭐든 일단 해보고, 뭐든 시작해 보자.'

23살 내 신조다. 이번 원정도 신조대로 내 인생에 일단 욱여 넣었다.

텁텁한 공기, 발에 채는 자갈, 옷을 더럽히는 뿌연 흙먼지, 초목을 뜯으며 다그닥 다그닥 걷는 뮬라와 함께 걸었다. 그 와 중에 고소 때문에 힘들어하는 이호선 형의 발걸음에 맞춰 생경 한 풍경을 느긋이 감상하며 걸을 때는 좋았다. 이처럼 앞서간 사람들이 찍은 스틱 자국이 이어진 베이스캠프로 향하는 길을 아무 문제 없이 갈 수 있었다.

베이스캠프에서부터 문제였다.

베이스 입성 첫날 피곤함에 절인 몸을 침낭에 욱여넣었을 땐 깊은 잠에 빠져들고 싶었다. 하지만 골짜기에서부터 불어오는 차갑고 드센 바람이 요란하게 텐트를 흔들 땐 꼭 나를 덮칠 것 같아 잠을 이룰 수가 없었다. 동기인 여정윤과 이런저런 이야 기를 해보지만 이내 바닥났다. 다시 눈을 감고 잠을 자려고 애 쓸수록 바람 소리가 귀를 때려 정신은 더욱 말똥말똥해졌다. 이처럼 잠 못 이루는 어지러운 내 마음과 달리 하늘 끝에 콕콕 박힌 별들은 아름다운 강처럼 반짝이며 흐르고 있었다.

먼저 오신 선배님들이 정상에 발 도장을 쾅쾅 남기고 하산 했다. 선배님들이 떠나고 주인이 바뀐 돔 텐트와 회장님과 조 광제 선배님이 계셨던 빨간 텐트를 힐끔힐끔 쳐다봤다. 휴식을 취할 큰 바위가 없어진 느낌이랄까.

선배들이 떠나고 난 후 맑은 날의 요정은 다른 산에 놀러 갔는지 좋아질 기미가 보이지 않았다. 난 그저 밥을 푹푹 퍼먹고 정상 공격 날 사용될 에너지원을 열심히 축적할 뿐이었다.

이제는 잠도 잘 잔다. 밖에서 천둥 번개를 동반한 강풍이 불어도 텐트 속에서 깊은 잠을 잘 수 있었다. 텐트가 아늑하게 느껴졌다고나 할까.

그러다가 베이스캠프 텐트 주인들이 여러 차례 바뀌고 새로운 얼굴들을 보니 마음이 조급해지기 시작했다.

5일의 예비일 후 베이스캠프를 떠나 C2로 향했다. C2에서 하룻밤을 보내고 C3로 향할 땐 문기빈 선배 덕분에 심기일전하여 나의 호흡과 발걸음에 의지를 불어넣을 수 있었다.

"정상 가는 것만 생각하는 거야. 다른 건 생각하지 마."

문기빈 형의 말은 꽃잎을 뜯어 헤아리며 가능성을 점치고 있는 나를 꼬집어 주었다.

정상을 향한 마지막 날 밤.

이호선 형은 여전히 고소 때문에 힘들어 하고 조현세 대장님과 두런두런 이야기하며 결전의 시간이 다가오기만을 기다렸다. 선글라스를 끼고 있어 항상 표정을 읽기 힘든 조현세 대장님. 대장의 말에 반기를 든 적이 많은 것 같아 떳떳하게 두 눈을 쳐다볼 수 없었다. 선글라스를 끼고 있어 다행인 건가.

fig. 35

베이스캠프의 휴일은 평화롭다. 양말과 옷가지를 빨아서 텐트 사이사이에 걸어 말린다.
평화로운 휴일의 베이스캠프 풍경은 몸도 마음도 편안하다.

조벽래 선배님이 정상 등정 후 하산길에 해준 '대장을 구심점으로 똘똘 뭉쳐야 한다.'라는 말을 뒤늦게 깨닫고 있었다. '원팀'을 외치지만 과장 보태어 대장님 '원맨팀'이라 말해도 될 만큼 우리 원정대에서 대장님의 노고가 컸다. 다음 원정 때에는 반드시 대장에게 또 대원들에게 보탬이 되리라, 브레이크가 아닌 동력이 되리라 다짐했다고나 할까.

자그마치 반년을 넘게 기다렸던 순간이 드디어 찾아왔다. 농담처럼 말하던 그 순간이 코앞으로 다가왔다. 침낭 위로 내린 얼음 셔벗이 내 정신을 깨웠고, 스산한 공기가 뺨을 때리는 차가운 바람이 머릿속 뇌의 주름까지 스쳐 가는 느낌이었다. 단지 추워서만은 아닐 터였다. 말로는 도저히 표현할 수 없는 설렘과 두려움이 내 모든 감각을 쭈뼛쭈뼛 일깨웠다. 발가락에서부터 한기와 함께 올라오는 걱정거리를 애써 외면하다 보니 새벽 4시가 되었다.

몇 시간 전까지만 해도 활기찼던 대원들이 돔 텐트에서 말없이 정상으로 올라갈 채비를 했다. 가장 고대했던 순간은 가장 차갑고 엄숙했다. 아직 동이 트지 않은 어둠이 깔린 새벽, 우리는 랜턴에 의지한 채 발밑만 쳐다보며 최종 목표를 향한 발걸음을 내디뎠다.

코끼리가 된 듯 묵직한 발걸음을 떼는 와중에 왠지 기분이 좋았다. 조금씩 또 천천히 걷다 보니 이내 동이 떠올랐다. 이 광경을 본 이상, 한 번으로 만족할 수 있을까? 끝없이 펼쳐진 새하얀 능선이 이내 붉은색으로 물들었다.

대열의 맨 뒤에서 걸으며 동이 트는 아콩카과 산세를 등지고 일렬로 올라가는 대원들의 뒷모습을 봤다. 비장해 보였다.

'아~'

왠지 모르게 울컥했다.

영원히 잊히지 않을 것 같은 모습이다. 순간순간이 서사가 담긴 하나의 엽서 같다.

'정상'

단 하나의 봉우리를 제외한 모든 봉우리가 우리의 발밑에 있었다.

불그스름한 태양 빛이 눈 덮인 산들을 하나둘 물들이는 황홀한 광경에 첨벙 뛰어 그 품에 안기고 싶은 생각이 일었다. 검붉은 태양이 이글거리며 내뿜는 붉은 빛이 하얗게 빛나는 산에 파묻혀 황금빛으로 번졌다. 전진하는 내 시선을 휘어잡았다.

'아름답다!'

자연이 선사하는 경이로움을 말로 표현할 길이 없어 안타까웠다. 쉬지 않고 걸어가는 가이드가 원망스러웠다. 좀 더 이 순간을 만끽하고 싶은데…, 다시 산에 와야 할 이유가 하나 더 추가되었다. 잠깐 넋 놓고 멈춘 후 다시 목표를 향해 걸었다. 황금빛을 등 뒤로 잔뜩 머금고 천천히 또 차분히 발걸음을 내디뎠

fig. 36

정상 바로 밑에서 잠시 휴식을 취하며 올라갈 힘을 비축해 보려고 하지만 잘 안된다.
마음은 올라가고 싶으나 몸이 말을 안 듣는다. 일어나자. 올라가자.

다. 그렇게 참 많이도 올라왔다.

C3를 지나 트래버스 이전까지 기분이 산뜻하니 좋았다. 트래버스 이전에 여정윤이 하산해서 그런 것일까, 강풍에 날아갈 것 같은 트래버스를 빠져나온 후 동굴 바위까지의 여정은 십 년이 걸린 듯했다. 몸 상태 또한 십 년은 늙어진 것 같았다. 모래와 함께 굴러떨어지는 돌들로 이루어진 급경사면을 치고 올라가며 주르륵 미끄러지기를 수십 번, 미끄러운 눈길에 휘청이기를 수십 번, 눈물이 방울방울 떨어지며 내 호흡 기관과 몸뚱이가 말을 듣지 않았다.

'나약하다.'라는 자신을 향한 손가락질이 쉴 새 없이 이어졌다. 이제껏 피운 게으름을 속죄 받는 느낌이었다. 가여운 몸뚱이가 주인 말을 듣질 않아 힘들었다.

그래도 힘을 내 동굴 바위까지 왔으니 당연히 정상에 올라갈 줄 알았다. 정상에 도착하여 포효하는 내 모습을 상상하며 달아빠진 청포도 맛 에너지 젤을 연거푸 두 개를 짜 먹었다. 그렇게 마지막 스텝을 밟을 의지를 결연히 다지고 있었다. 가이드 파쿠에게 '그' 말을 듣기 전까지는.

"Suji, You should go down."

참으로 허탈했다. 청천벽력 같은 사형선고가 나에게 떨어졌다. 더는 나에게 무리라는 것을 나도 모르게 가이드가 먼저 알아차렸다.

저 밑에서부터 애초에 돌려보내지, 왜 정상을 빼꼼 보여주고는 하산하라 하는 건지, 도저히 이해가 가지 않았다. 정성 들여 빚은 모래성을 산산이 부서뜨리듯 부서진 내 마음은 찬찬히 가라앉았다. 그 순간만큼은 가이드가 제일 밉고 원망스러웠다.

돌아보니 지금은 괜찮다. 사실 가이드들에게 향한 미움의 잣대는 나를 향한 것이었다. 탓할 사람이 필요했던 것일 뿐, 미워하는 마음은 내 부족만큼이다. 눈물이 차올랐지만, 두꺼운 고글 밑으로 슬픔을 꾹꾹 숨겼다. 더욱 슬픈 것은 울음과 고소증세는 적대관계라는 것. 눈물이 흐를수록 호흡은 불규칙적으로 변하고 가슴은 널 뛰었다. 내 마음을 진정시키려고 애를 먹었다. 힘찬 모습과 목소리로 괜찮은 '척'하며 선배들에게 응원을 보태고 바위를 등져 내려왔다.

손짓 발짓, 이호선 형이 가이드에게 자신이 나와 같이 내려갈 테니, 함께 좀 더 가보면 안되냐고 반문했지만, 가이드의 뜻은 완고했다. 조현세 대장님의 표정은 오묘하고, 문기빈 형은 힘들어 보였다.

이성적으로 생각하다가도 문득 울컥울컥.

하산길에 '많이도 걸어왔네.' 하면서 아쉬움을 달랬다. 거대한 벽 앞에서 앞으로 두 시간만 버티자 다짐했던 목표가 좌절되었다. 트래버스 구간, 쉘터 등을 지나며 힘들게 올라온 길을 다시 마주하고 그때의 감정을 곱씹으며 내려왔다. 생각보다 정말 많이 올라갔다는 생각이 들었다.

비틀비틀 발을 헛디디고 주저앉기를 수십 번, 그대로 주저앉아 쉬고 싶었다. 하산할 체력을 남겨 놓아야 한다는 선배님의 말이 비로소 실감 났다. 위험한 길이었다면 자칫 죽을 수도 있을 것 같은 하산길이었다.

임동한 선배님이 여정윤에게 주신 패딩 바지에 구멍이 잔뜩 난 것도 이해가 갔다. 동굴 바위에서 하산하는 일명 '루저(Loser)'들과 함께 오손도손 내려왔다.

세 시간을 걸어 내려가니 C3에 오도카니 서 있는 여정윤이 보였다. 눈가가 시큰해졌다. 컨디션이 괜찮아 보여 다행이었다. 여정윤이 나를 기다리며 물을 끓이고 있었다. 부둥켜안아 울고불고 난리를 치고 싶었지만 웃음으로 애써 서로를 위로했다. 쓰러져 있는 나에게 이것저것 챙겨주니 고마웠다.

여정윤에게 함께 와서 너무 좋다고, 앞으로도 함께하자고, 항상 고맙고 든든하다고 말하고 싶었지만 부끄러워 하지 못했다. 이 글을 통해 나의 마음을 여정윤에게 전한다. 나의 동기야, 고마워. 너와 함께 선배들을 기다리는 이 따뜻한 순간이 참 좋다.

fig. 37

정윤아, 함께 해줘서 고마워. 수지야, 나와 함께 해줘서 고마워.

▲

에필로그

아콩카과 원정을 마쳤다.

OB도 YB도 아무 사고 없이.

감사하다.

아콩카과, 바위와 돌과 자갈이 많은 산.

바람이 강하다고 했다. 말처럼 그 바람은, 그 강풍은 생각보다 정말 강했다.

8,850m 에베레스트만큼 높지 않았지만, 쉬운 산은 아니었다. 결코, 만만하지 않았다.

정상 바로 밑에서 강풍 때문에 하산하는 산악인을 보며, 고소 때문에 뒤돌아설 수밖에 없었다는 산악인을 보며 '에이, 설마….'하는 오만한 생각을 했다. 강풍이 불면 얼마나 불겠어 하고.

하지만 자연 앞에서 콧대를 세운 어리석은 인간이었다고나
할까.

그 강풍을 맛본 사람만이 알 것이다. 가파른 곳에서 조금만 벗
어나면 바람에 휘청 날아갈 수 있다는 것을.

우리는 베이스캠프에 있으면서 날씨에 귀를 바싹 세웠다.

바람이 잔잔한 날을 기다리면서 캠프1까지 올라갔다가 내려
오고, 캠프2까지 올라갔다가 내려오길 반복하면서 기다렸다.
그 사이 YB들이 베이스캠프에 입성했다. 반가웠다. YB들과의
만남도 잠시였다. 날씨가 좋다는 정보로 우리는 정상에 오르
기 위해 캠프2로 향했다. 캠프2에서 하룻밤을 보내고 다시 캠
프3으로 올라가 하룻밤을 더 보냈다. 그리고 다음 날 새벽, 1차
정상 공격을 강행했다. 하지만 정상 바로 앞에서 돌아설 수밖
에 없었다.

왜?

강풍 때문에.

캠프2로 내려와 하루 쉬고 다시 2차 정상 공격에 나섰다. 이
번 기회를 놓치면 다시 아콩카과는 강풍으로 휘몰아치는 날이
지속될 것이고 우리는 정상을 밟지 못하고 하산할 수밖에 없는
상황이었다. 전략을 짜면서 한밤중에 캠프2에서 출발해 캠프
3을 거쳐 정상으로 바로 올라가기로 했다. 그렇게 정상을 향해

가는 길이었다. 정상을 얼마 남겨두지 않은 지점에 쪼그려 앉아 꼼짝하지 않는 마네킹이 있었다. 아니, 마네킹이라고 믿고 싶었는지도 모른다. 얼어 죽은 사람이 앉아 있다고 생각하면 섬뜩한 생각에 내 몸까지 얼어버려 꼼짝하지 못 할 것 같았기에 애써 외면하며 오로지 걷는 데 집중했는지 모른다.

'정상을 향하는 산악인들에게 경각심을 주기 위해 올려놓은 마네킹일 거야.'라고 생각하며.

힘들게 숨을 내쉬며 무쇠를 매단 듯한 무거운 발걸음을 힘겹게 내디뎠다. 땅바닥만을 내려다보며. 하지만 얼마 가지 못했다. 몸도 마음도 너무 버거워 결국 되돌아설 수밖에 없었다.

고개를 드니 정상이 보이는데, 바로 앞이 정상인데 뒤돌아서야 하는 마음, 그 누가 알까? 마네킹으로 보였던 그 산악인이 내 발을 붙잡았는지 모른다.

'넌, 여기까지야. 욕심내지 말고 하산해!'

지금 생각하면 감사한 일이다. 무리하게 정상을 밟았더라면 하산하다가 사고를 당했을지도 모른다. 정상 바로 밑에서 웅크리고 있던 산악인처럼.

그는 정상을 밟았는지 밟지 못했는지 모르지만, 그의 도전에 경의를 표한다. 어떠한 이유로든 자신이 좋아하는 일에 도전하는 일은 살아 있다는 증거니까.

자신의 몸 상태는 자신이 제일 잘 안다는 말이 있다.

세 발자국만 내디디면 정상에 올라설 수 있지만, 그 세 발자국을 디디기 힘들 때는 과감히 뒤돌아설 수 있어야 한다. 그래야 다시 도전할 기회가 주어지기 때문이다. 앞으로 더 많은 시간이 기다리고 있기에.

다행히 대원 2명이 정상을 밟는 기쁨을 나누어 주었다. 난 정상을 밟지 못했지만 내가 정상에 올라선 느낌이랄까.

힘들게 올랐던 산, 너무 힘들어서 다시는 밟지 않으리라, 고산에는 가지 않으리라 생각했지만 몇 개월이 지나자 눈앞에서 어른거린다. 그 힘들었던 산 아콩카과가.

베이스캠프로 가기 위해 이틀 동안 걸었던 길도, 정상을 향해 힘겹게 올랐던 그 자갈길과 눈길, 그리고 강풍도.

그렇기에 우리는 산에 간다.

눈 덮인 고산에.

또 다른 고산을 오르기 위해 오늘도 동네 뒷산으로 향한다.